原作・福澤克雄
ノベライズ・蒔田陽平

●●

日曜劇場
VIVANT
(上)

扶桑社文庫
0801

本書はTBS系日曜劇場『VIVANT』のシナリオをもとに小説化したものです。

小説化にあたり、内容には若干の変更と創作が加えられておりますことをご了承ください。

なお、この物語はフィクションです。実在の人物・団体とは関係ありません。

プロローグ

砂埃でかすんだ視界のなか、軍服姿の男たちに機関銃を突きつけられ、トラックの荷台へと押し込まれていく人々の姿が見える。

一歩遅かったと、男は歯噛みした。

イヤホンから聞えてくる雑音交じりの断片的な会話から、家族が暮らす村への襲撃を知ったのは数時間前のことだった。

男はすぐに村へと戻った。

しかし、武装勢力はすでに各地の村を支配下に置いており、それは男の村でも同様だった。迅速に情報の伝達が行われ、兵士たちは今、粛々と任務を行使している。

村の人々が遠巻きに、恐怖に顔をゆがめながらその様子を見つめている。農業使節団の日本人だけを収容しているということは、どう考えても彼らの標的は自分だ。これから拠点に連れ帰って、じっくりと身辺を洗うのだろう。

民族紛争の火種に事欠かない中央アジアの小国に、高潔な思いを抱いてやってきた善良な人々を巻き込んでしまったことを申し訳なく思うも、今はそれどころではない。

家族は……妻と息子はどこにいる……⁉

トラックの荷台にふたりの姿はない。武装勢力が乗りつけてきた軍用車の陰から陰へと移動しながら、男は祈るように周囲に目を配る。と、ゲルの脇に置かれた作業用の馬車の陰に身をひそめている人影に気がついた。

若い女性が小さな男の子を背中から抱きしめ、手でその口を覆いながら、兵士たちの様子をうかがっている。

引き結んだ男の唇から安堵の息がわずかに漏れる。

妻と息子だ。

武装勢力からはどうやらうまく逃れたようだ。しかし、数人の兵士たちが捕らえそこねた日本人はいないか確認しはじめている。このままでは捕まるのも時間の問題だ。

静かに、しかし素早く、男はふたりに近づく。ゲルに向かった兵士のひとりが馬車の前を通りすぎたのを見計らい、男は妻子への距離を一気に詰めた。

背後から妻の肩を軽く叩く。妻はびくんと身体を震わせ、おそるおそる振り向いた。男の姿をとらえたその瞳が見開かれる。

男は人さし指を唇に当て、ゆっくりと妻の手から息子を引き取った。

男が連絡を入れると、仲間はすぐに動いてくれた。ランデブーポイントに指定されたのは、とある町のそばに広がる砂漠だった。日本と違って、この国にはヘリコプターが着陸できる場所などいたるところにある。武装勢力のどの拠点からも百キロほど離れており、情報が漏れていないかぎり脱出を邪魔されることはなさそうだ。

もちろん、ここまでたどり着くのは容易ではなかったが、農業使節団のリーダーとして築き上げてきた現地の人々との信頼関係が役に立った。いっぽうで長い歳月を費やし、秘密裏に進めてきたミッションは今、その道の半ばで強制終了させられようとしている。

それは男にとっての初めての挫折だった。

だとしても……。

不安そうに息子を抱きしめ、空の彼方を見つめ続ける妻に、男が力強く声をかける。

「大丈夫だ。必ず来る」

約束の時間を三十分ほど過ぎたとき、米粒のような機影が薄曇りの空の向こうに現れた。こわばっていた妻の表情がふっとゆるむ。

しかし、近づいてきたのはヘリコプターだけではなかった。砂漠と空を分かつ地平線から数台の軍用車が姿を現したのだ。

男は思わずヘリに向かって両手を上げ、叫んだ。

「ここだ！　急げ!!　頼む、急いでくれ!!」

ヘリの機影はぐんぐん大きくなり、ローター音が乾いた空気を震わせる。

いっぽう、武装勢力の軍用車の大きさは発見したときとさほど変わっていない。ここにたどり着くにはあと五分はかかるだろう。

助かった……。

男の顔に安堵の笑みが浮かぶ。

そのとき、信じられないことが起こった。

百メートルほどのところまで近づいていたヘリコプターが、いきなり方向を転換したのだ。

わけがわからず絶句する男の耳に、「どうして……」という妻のつぶやきが届く。

去っていくヘリに男は叫んだ。

「待ってくれ!! おい! どうしたんだ!!」

しかし、ヘリの機影はどんどん小さくなっていく。

「俺たちはここにいる!! 助けてくれ!!」

男はヘリに向かって駆けだした。息子を抱えた妻もそのあとを追う。

追いつくことなどないとわかってはいたが、足が勝手に動いた。

鈍色(にびいろ)の空に吸い込まれるようにヘリが消え、男はようやく足を止めた。

「なぜだ？」

崩れるように砂漠に膝をつき、男は吠えた。

「ああああああ！！！」

愕然と虚空を見つめる男に、妻がゆっくりと近づいていく。

「……あなた」

緩慢な動きで振り向く男の視線に、間近に迫る軍用車のシルエットが飛び込んできた。

「逃げろ！」

奪うように息子を引き取ると、男は妻の手を取り、駆けだした。

荷台に陣取った兵士たちの口から興奮したような雄叫びが聞こえてくる。

男の腕の中で息子が泣きだす。

それに気を取られたのか、妻の足がもつれ、激しく転倒した。

男が妻の名を叫び、慌てて足を止める。

助け起こそうとした男の動きを、銃声がさえぎった。

「！……」

もはや焦る必要はないとばかりに軍用車が速度を落とし、近づいてくる。

兵士たちに囲まれ、男はゆっくりと片手を上げた。もう一方の手ではしっかりと息子を抱きしめている。

やり場のない思いに、その手が小刻みに震えはじめる。

今感じている絶望が、ひどく生ぬるい感情であることを男はまだ知らない。

これからさらなる絶望が何度も何度も彼を襲い、自分という人間を根本から変えていくことを男はまだ知らない。

1

砂の海に漂流する哀れな影を、無慈悲な太陽が容赦なく焼いていく。

ぜぇぜぇと荒い息を吐きながら、乃木憂助は子供時代の他愛のない遊びを思い出していた。

虫眼鏡で日光を集め、蟻の列に当てる。瞬く間に蟻の動きが止まり、焦げくさい臭いが漂ってくる。なすすべなく身を焦がされていく蟻を見ながら、小学生の乃木は全能の神になったような高揚感に浸った。

蟻のように働き、蟻のように死ぬ。

砂漠のど真ん中にもかかわらず、サラリーマンのユニフォームのスーツ姿で……。

「天照大御神、イエス・キリスト、アブラハム、アラーよ……誰でもいい！　助けてくれ。俺はこんなとこで死にたくねぇ……」

か細い声で呟く乃木に、『全部お前がアホだからだ。写真なんか見てボーッとしやがって……』とFが毒づく。

「……」

『なあ、なんか言えよ』

かさかさに乾いた唇を乃木はどうにか動かす。

「うるさい。黙ってくれ」

しかし、足はもう動かない。

電池が切れたように立ち尽くした乃木に、焦ったようにFが声をかける。

『おいおい、どうした』

乃木は崩れるようにガクンと膝を落とした。

『おい、限界か？』

「ああ」

『携帯出せ。電源入れろ』

よろよろとポケットを探り、乃木はスマホを取り出した。電源ボタンを押すと画面にロゴマークが現れた。しかし、乃木をあざ笑うかのようになかなか起ち上がらない。

乃木はスマホの画面を見つめたまま、砂の上に倒れ伏した。

砂に顔をうずめた乃木の耳もとで、ようやく起動のサウンドが鳴った。

『おい、鳴ったぞ。起きろ』

乃木はゆっくりと目を開けた。

『ライトのスイッチを押せ。一か八かだ。それに望みを託せ』

Ｆの声に導かれるように、乃木は最後の気力を振り絞って、スマホを操作していく。

しかし、ライトのアイコンに指を触れようとした瞬間、目の前が真っ白になり、乃木の意識は底なしの闇へと引きずり込まれていった。

※

数日前——。

「一億円⁉」

広々としたオフィスの一角、丸菱(まるびし)商事・エネルギー事業部の島に乃木の声が響く。さらに大きな声で部長の宇佐美哲也(うさみてつや)が怒鳴った。

「バカ！　円じゃねえよ！　ドルだよ、ドル！」

「一億ドル……って一桁間違えてませんか」

「それはこっちのセリフだ！」と宇佐美は乃木の胸をどつく。あまりの剣幕に乃木は口を閉じた。宇佐美は乃木をにらみつけながら、隣の立石真央(たていしまお)に確認する。

「経理は？」

「今、こちらに向かっています」

唖然としたままの乃木に水上了が近づき、「どうしましょう?」と判断を仰ぐ。「GFL社に電話もメールも何度もしてるんですけど、誰からも返事がないんです」

乃木が答える前に宇佐美が口をはさんできた。「バックレたんじゃないんだろうな? だから中央アジアの無名の企業なんてやめとけって言ったんだよ!」

「まあまあ」と割って入ったのは一課の課長の山本巧だ。「落ち着いてください。いったん情報を整理しましょうよ」

「山本、これは二課の問題だ。外してろ」

「同じエネルギー事業部の問題ですよ。こういう非常時は一課も二課もないでしょう」

宇佐美をなだめると山本は乃木へと顔を向けた。

「乃木、GFL社とはこの一年付き合ってきて、信頼できる会社だって言ってたよな」

乃木は力なくうなずいた。

「うん……」

一年前から丸菱商事・エネルギー開発事業部第二課は、中央アジアの小国、バルカ共和国での太陽エネルギープラント事業を進めていた。そのパートナーとして白羽の矢が立ったのが同国のインフラ設備会社GFL社だった。何度も現地に赴き、綿密な話し合いを重ねて、上からのゴーサインも出た。

そして昨日、課長の乃木と部下の水上が契約金の一千万ドル、日本円で約十四億円を振り込む手続きを行ったのだが……今日になってその金額が一千万ドルではなく一億ドルだったということが発覚したのだ。

「お前、ちゃんとチェックしたのか」

あらためて宇佐美が乃木に訊ねた。

「はい、たしかにあのとき……」と乃木は昨夜の自分の行動を思い起こす。パソコンの前には水上。その背後に立ち、モニターに表示された数字を稟議書と照らし合わせ、何度も確認した。

「額面は一千万ドルでした。きちんと確認しましたから間違いありません」

「じゃあ、どこで一千万ドルが一億ドルになったんだ？」

そんなのこっちが聞きたいよ……！

立石の声が重い沈黙を破った。

「部長、原経理部長と財務の太田さんです」

一同が立石の視線を追うと、経理部長の原智彦（はらともひこ）と財務部事務員の太田梨歩（おおたりほ）がやって来るのが見えた。

応接室へと場所を移し、太田が持参したノートパソコンで金の流れを説明していく。

「二月十日十三時四十五分、私は丸菱銀行本店の当社の口座からバルカ国際銀行のGFL社の口座へ送金を行いました。そして先ほど――」

「それより」と焦れた水上の声が太田の発言をさえぎった。「君が送金したときの額はいくらだったんだ？」

「一億ドルです」

「！」

太田は送金の際に確認した稟議書と振り込んだ際の画像データを水上に渡した。

「稟議書の額まで変わっている」

水上のつぶやきを聞き、乃木は愕然とする。

「おかしいだろ」と宇佐美は声を荒らげた。「俺は一千万ドルの稟議書に判を押したんだ。これは偽物だ」

宇佐美が太田を責めはじめ、「ちょっと待ってよ」と原が割って入った。

「エネルギー事業部から送られてきたのがこの稟議書と送金申請書ですよ。財務部の彼女としては両方とも同額であることをチェックして送金したまでだよ」

「なら、どこで入れ替わったんだ」と水上は納得がいかない。

しかし、ここで責任のなすりつけ合いをしても時間の無駄だ。事態は一刻を争うのだ。

「それより、この金を押さえることが先決だ。続きを」と山本が太田をうながす。

「はい。銀行本店担当者によると、一億ドルはバルカ国際銀行に送金され、すでにGFL社に振り込まれているようです。なので……」

「去年あったでしょ」と原があとを引き取った。「給付金の誤送金事件。金を受け取った男がなかなか返さなかったやつ。それと一緒だよ。GFL社が返金に応じないかぎり、お金は戻ってこない」

「でも、そのGFL社と連絡が取れないんですよ！　どうすれば……」

顔をゆがめる水上に乃木が言った。

「僕がアリさんに直接かけてみる」

「携帯知ってたのか！　早く言えよ、早く！」と宇佐美が乃木をにらみつける。乃木は宇佐美に頭を下げながら、スマホにアリの番号を呼び出し、かけた。

「……電源が入っていない」

スマホを耳に当てたまま首を横に振る乃木を見つめ、一同は肩を落とす。

「なんで。時差もほとんどないのに」

水上のつぶやきを聞き、乃木はハッとした。慌ててスマホのスケジュール画面を開く。

今日の欄に『ＧＦＬ社、創立記念日』と記されている。

「今日は創立記念日で休みだ。このまま土日に入ったら、連絡がつくのは三日後……」

「三日後だと⁉　そんな悠長に構えてる時間はねえぞ！」

ふたたび宇佐美の怒号が乃木に飛んだ。


現状を把握し、乃木、水上、宇佐美は専務室へと向かう。専務の長野利彦(ながのとしひこ)にひと通り説明し、三人は深々と頭を下げた。

「経理部に届いた時点ですでに一億ドルに変わっていたということは、その間に何かが生じたことになる。考えられるのは人為的な問題かシステム異常……」

「システム異常のほうは、すでにシステム管理部に連絡。チェックを始めています」

宇佐美にうなずき、長野は言った。

「決算が一か月後に迫っていることは承知しているよね」

「！」

「このままいけば二課は九千万ドル、約百二十六億円の損失だ。仮にシステムエラーなら君らに責任はない。だが、もし人為的な問題なら……わかってるね、宇佐美君」

「は、はい。なんとしてでも対処いたします！」

「そうしてもらわなければ困るんだよ。もし金を取り戻せなければ、君らはおしまいだ」

長野の言葉にブラフなど一切ないことは、その冷静な声音から明らかだった。宇佐美はこわばった顔を乃木と水上へと向けた。

「いいか。どんな手を使ってもいい。一か月以内に九千万ドルを取り返せ」

「……はい」と水上が力なく返す。

「乃木!!」

乃木は強く結んだままの口をゆっくりと開いた。

「……バルカに行ってきます」

※

週明けの月曜朝、乃木はバルカ共和国の首都・クーダンにいた。国会議事堂前広場の先にあるＧＦＬ社をアポなしで訪ねる。

女性秘書が淹れてくれたコーヒーを飲みながら社長の執務室で待っていると、出社したばかりのアリが駆け込んできた。

「乃木さん、秘書から聞いてびっくりしましたよ。どうしたんですか、突然」と日本人とよく似た浅黒い顔に驚きの表情を浮かべてみせる。

「あの、日本から何度も何度もお電話を差し上げたんですが」

「ああ、すみません！　社用携帯は休み中は会社に置いていくんで」

アリはデスクの引き出しからスマホを取り出し、乃木に見せながら充電スタンドに載せる。「私用携帯もお知らせしておけばよかったですね」

「……」

デスクで乃木の説明を聞き終え、アリは言った。

「あれ、誤送金だったんですか?」

あまりにも白々しいとぼけっぷりに、「ちょっと待ってください」とついつい乃木の声もとがる。「御社との初回契約金は一千万ドルのお約束でしたよね」

契約書を取り出そうとしたが、興奮していたので鞄を落としてしまった。中身がデスクの下に散らばる。

「あ、すみません」

デスクの下に身体を押し込み、乃木が書類を拾っていく。頭がデスクにぶつかり、スマホが充電スタンドから外れた。ため息をつき、アリはスマホを戻す。

デスクの下からのそのそと這い出た乃木は、アリに契約書を突き出した。

「このとおり、一千万ドルです」

「ええ」

「じゃあ十倍もの金が振り込まれて、おかしいと思わなかったんですか？」

「……そりゃ、びっくりしましたよ」

「そしたら、電話一本……」

あきれる乃木に、アリは残念そうに言った。

「あれはてっきり御社が弊社を見込んでくださって、先行投資していただいたのかと」

「え？」

「さすが丸菱商事だと、我々も喜んでおりました」

よくもまあ、いけしゃあしゃあと……。乃木は怒りを抑え、アリに告げた。

「御社にぬか喜びをさせて申し訳ありませんが、誤って送金してしまった差額の九千万ドル、すぐに返金していただけないでしょうか。弊社の決算にも大きく関わってくるものでして……」

困ったようにアリは手のをひらを乃木に向けた。

「ですが、いただいたお金はすでに下請けに送金してしまいました」

「送金⁉　どこの銀行経由で？」

「同じバルカ国際銀行ですが」

「それなら今すぐ銀行に！　すぐそこにありますよね⁉」

　およそ銀行とは思えない朱色に塗られたギリシャ神殿風の建物の前で、乃木がアリを待っている。アポも取引もない乃木はすぐに追い出されてしまったのだ。モバイルバッテリーにつないでいたスマホの充電を終えたとき、アリが銀行から出てきた。

「どうでした？」

「駄目ですね。弊社からの送金は、すでに相手の口座に入ってしまったと」

「どうにかならないんですか⁉」

「こうなってしまうと弊社から九千万をお返しするというのは難しいでしょうね」

　あっさり言われ、乃木は唖然としてしまう。

「……その送金した会社というのは？」

「いや、さすがにそれは……十社以上ありますし」

「十社以上⁉」

「はい。九千万ドルをそれぞれの割合で分割して送ってしまったので」

　歩きだしたアリの肩を、「待ってください」と乃木がつかんだ。急に引き留められたはずみで、アリの手からスマホが落ちる。

「すみません」

乃木は慌ててスマホを拾い、アリに返した。

「あの、でしたら送金した会社を教えていただけませんか？　私が行って――」

「それは無理です」とアリはさえぎった。「弊社の取引先をお教えすることはできません。各社への返金依頼は私どものほうでさせていただきますから」

そう言われてしまったら、乃木は引き下がらざるをえない。


その頃、丸菱商事の専務室には関係者一同が集められていた。監査部の河合幸二（かわいこうじ）がプロジェクターで調査資料をスクリーンに映し、口を開いた。

「システム管理部の調査の結果、今回の誤送金でシステムエラーは発見されませんでした。つまり、人為的に十倍の額の送金を行ったということです。そこで誠に勝手ながら、監査部においてエネルギー事業部、また経理、財務部の全社員のパソコンをリモートで徹底的に調査させていただきました」

「！」

「結果、一億ドルを送金申請したパソコンがわかりました。ナンバーは２０２１７７７

番。水上了さんのものです」

一同の視線が水上に集まる。

「お前！」

つかみかからんばかりの宇佐美に、「ち、違います！」と水上は慌てて潔白を訴える。

「僕は本当に一千万ドルで送金申請したんです。信じてください！」

皆が水上に疑いのまなざしを向けるなか、河合が言った。

「私は水上さんが行ったとはひと言も申しておりません」

「どういうことです？」と山本が訊ねる。

河合が部下に指示し、映像が切り替わった。映し出されたのは監視カメラ映像だった。エネルギー事業部を俯瞰する視点から、パソコンの前に座る水上の姿が映っている。水上の背後には乃木の姿もある。

「これは、あなたがGFL社へ送金申請した日の社内の映像です」

チェックを終えた乃木が送金をうながしたとき、宇佐美に呼ばれたのか水上が席を外した。残された乃木の手がキーボードへと伸びる。

「はい止めて！」

河合は一同を見回し、訊ねた。「この方は？」

「二課長の乃木です」と山本が答える。

「えー、経理部に一億ドルの送金申請が届いた時間は二十時二十三分十七秒。同じ時刻です」と河合は監視カメラの時間表記を指さした。

「乃木が？」

信じられないという顔で宇佐美がつぶやく。

一同にも衝撃が走った。


昼休み、山本は乃木の携帯に連絡を入れた。監査部の見解を伝え、真偽を訊ねる。

「あれは水上君が宇佐美部長に呼ばれたんで、代わりに申請ボタンを押しただけだ。金額の欄は一切触れてないよ」と乃木は即座に否定した。

「残念ながら映像にはパソコンの画面までは映ってない」

「そんな！」

「わかってるよ。お前がそんなことするはずがない。同期のこの俺が一番わかってる」

思いがけない山本の熱い言葉に、乃木は少し戸惑った。

「あ、ありがとう」

「だけどな……いいか、怒んなよ」

「え？」

「お前は同期の昇進レースではビリっけつ。だから、ここで出世をあきらめ金に走ったんじゃないかって」

「どういう意味？」

「だから、アリと組んでこの誤送金を企んだって噂があるんだよ。キックバック一割としても手もとに一千万ドル、約十四億が入る。うちの生涯年収は約六億だから二倍以上だ」

「そんな……」

「どちらにせよ、このままじゃお前は誤送金の犯人にされて、下手すりゃ懲戒解雇だ」

無慈悲な山本の言葉に、乃木は絶句する。

「いいか。それを逃れるためには、まず九千万ドルだ。金さえ取り返せば、誰も文句は言わねえだろ。大丈夫だ。お前ならできるよ」

「……わかった。全力を尽くす」

電話を切り、「はぁ」と乃木は深いため息をつく。広場をトボトボと歩きだしたとき、前からやってきた力士のようなごつい男に肩がぶつかり、よろける。男は身体が当たったことに気づかなかったのか、振り向くことなく去っていった。

「……」

ホテルに戻った乃木がベッドに腰かけ、八方塞がりのこの状況を打開する策はないか必死に頭を絞っている。考えすぎて頭が痛くなってきたとき、『おい』と脳内に声が響いてきた。

『なに、しけた面してんだよ』

「今はひとりで考えたいんだ。話しかけるな」

『考えたところでいい案なんて出てこねえだろ』

「うるさい」

『あいつに頼め』

「え？」と乃木は顔を上げた。

目の前にFが立っていた。幼い頃からずっと一緒だった相棒。いや、半身だ。

『いただろ。アメリカのお友達が』

Fが言わんとしている人物に思い当たり、乃木はハッとした。たしかに、彼の力を借りればどうにかなるかもしれない。

「だけど……単なる会社の誤送金なんか調べてくれると思うか？」

『だからお前は駄目なんだ』とFは鼻を鳴らした。『考える前に動け。このまま会社をクビになるわけにはいかないだろ。お前も、俺も』

「……」

乃木はスマホを手に取り、サムの番号を呼び出した。発信ボタンを押す前に素早く時差の計算をする。アメリカは今、午前一時、まだ起きているだろう。

回線がつながると、スマホの向こうから日本のアニメの声が聞こえてきた。

「なんだよ、ユウスケ」

お楽しみを邪魔され、サムの声は不機嫌そうに聞こえる。

「……すまない、サム。ちょっと急ぎの頼みがあって」

「ったく」

「実は、会社が多額の誤送金をしてしまって。君の力で銀行から送金先を追ってもらえないかと」

「はぁ。日本の銀行はセキュリティが厳しいからなぁ」

「いや、日本じゃないんだ」

「日本じゃない？」

そのとき、大音量で政府批判をがなりたてながら街宣車がホテルの外を通りすぎた。

「おい、待て！　今どこにいる？」

「？　中央アジアのバルカだけど」

「バルカ……銀行もそこか？」

「うん」

「わかった。調べてやる」

「え？」

「俺もちょうどその周辺を調べてたとこなんだよ。だからついでだ。あとで詳細をメールしろ。また連絡する」

「あ、ありがとう」

あっさりとサムが頼みを聞いてくれ、乃木は少し拍子抜けしながら電話を切った。いつの間にかFは姿を消している。

夕食を終えてもサムからの連絡は来なかった。しかし、もはや乃木の頼みの綱はサムだけだ。今はただ信じて待つことしかできない。

部屋でじっとしていると不安が募ってくるので、乃木はホテルを出た。目の前の広場のベンチに腰を落ち着け、瓶ビールを飲みながら、右手に持ったスマホに念を送る。

早く来い、早く来い、早く来い……。

ふいに手の中でスマホが震えた。サムだ。乃木は慌ててスマホを耳に当てた。

「ヘイ、ユウスケ！　なにそんなとこでたそがれてんだよ」

「え？」

乃木は思わず周囲を見回した。

「上を見ろ。顔を見せろよ」

言われるまま、乃木は夜空を見上げ、手を振った。

「ヘリ？　いやドローンか？」

しかし、それらしきものは見当たらない。

「もっとずっと上だよ」

サムは自分のデスクから、モニターで埋め尽くされた壁の中の、とある映像を眺めている。バルカ各所の衛星映像の一つ、国会議事堂前広場を映したものだ。

サムが端末を操作すると広場の隅のベンチへと画面がズームしていく。空を見上げる乃木の姿が次第に大きくなっていく。

「相変わらずヘタレ面だな、お前」

「うるさい。で、どうだった？」

乃木は夜空に向かって、急かすように訊ねた。

「朗報だよ。ＧＦＬ社が十社以上に金をばらまいたってのは、ウソだ。送ったのはたった一社だけ」

「え！　それじゃあ、その会社に――」

「いや、喜ぶのはまだ早い」とサムがさえぎる。

「？」

「お前が銀行から出てきたあと、裏口からトラックに大量の荷物が運ばれてる」

別のモニターの映像を見ながら、サムが話す。裏口から出てきた男たちはスーツケースを次から次へと荷台に運び入れている。

「トラック？　もしかして九千万を現金にして持ち運んだってことか？　あー……まずいぞ。それこそもう追えない！　そのトラックはどこに？」

「どこにいようが関係ないさ」

「？」

「おそらくダミーだ。九千万ドルは約一トン。なのに、どんなにスーツケースが積み重ねられても、一向にサスペンションは沈んでいかない」

「じゃあ、トラックには何も載っていないってことか。そしたら――」

皆まで言うなとばかりにサムは笑った。

「今からそっちに銀行内の監視カメラをハッキングした映像を送る」

すぐに乃木はモバイルパソコンを開いた。すでにサムからのメッセージが届いている。添付されている映像を再生させる。

映し出されたのはVIPルームのような豪華な一室だった。中央のソファに大股を広げた男が座っている。男は手にした何かをルーペで覗き込んでいる。

「ダイヤか……」

「そうだ」とサムがうなずいた。「奴ら九千万ドルどころか一億ドル、まるまるダイヤに換えて渡している」

男が確認を終えると銀行員がタブレットを差し出した。サインする男の手もとに映像がズームし、一億ドルという数字と『アマン建設会社』という文字が確認できる。

「アマン建設会社？」

男が銀行員と握手し、カメラのほうへ顔を向けたとき、映像が止まった。

「……なあ、おかしくないか？」と乃木はサムに訊ねた。「ただの送金に、こんな手の込んだ偽装までするか？」

「そうだ。つまり、こいつらは普通の奴らじゃない。これは金の動きを察知されないようにテロの奴らがよくやる手口だ」

　ＣＩＡのエージェントの重々しい言葉に乃木は絶句した。

「ユウスケ、あまり深入りしないほうがいいんじゃないか？」

「……そうしたいけど、僕はとにかく金を取り戻さなきゃならないんだ」

「大変だなあ、日本のサラリーマンは」とサムはあきれた。命よりも会社への忠誠か。

ならば、できるだけのことはしてやろう。

「この映像から、金を受け取った男の面が割れた」

「本当か！」

　監視カメラ映像の中で男の顔が拡大されていく。日本人によく似た面立ちから見て、バルカ人のようだ。

「この人、テロの一員なのか？」

「いや、断定はできない。だが顔認証システムから要注意人物としてヒットした。今言えることは、お前の金を持っているのは、アル＝ザイール。この男で間違いない」

「この人、今どこに？」

「こいつの車を衛星で追ったら、セドルって町に着いた。あとで住所をメールで送ってやるよ」

「ありがとう」

「わかっていると思うが、ひとりで行くのは危険だ」

「ああ。取引の証拠は君が押さえてくれたから、あとは地元の――」

「警察はそう簡単に動かねえぞ」とサムが釘を刺してくる。「そうだな……」

「ひとり一万ドルくらいか？」

「いい線突いてる。バルカの平均年収がそれぐらいだから十分だろ」

「わかった」

「それから……」

言いかけた口を一度閉じたが、サムはふたたび話しだした。

「俺がバルカを張ってたのは、最近得体の知れない新しい組織が存在するって情報が入ったからだ。誰がリーダーで何を目的としているのか肝心なことは何一つつかめない。不気味な組織だ」

「それが今回のことと関係していると？」

「だから言ってるだろう。何もわからないんだ。だが、その国はいつ何が起きてもおかしくない。そういう場所だ。気をつけろよ」

「……わかった。いろいろありがとう」

「いや、俺にはこれくらいしかできない。お前は俺の性質も、周りからの目も、一切関係なく親友だと言ってくれた……たったひとりの親友のためなら、これくらいお安い御用だ」

乃木は苦笑を浮かべ、電話を切った。

※

真っすぐに延びた一本道を砂塵を巻き上げながら一台のタクシーが走っている。前にも後ろにもほかに車の姿はない。道の両側に果てしない砂漠が広がっているだけだ。

「あんた、いい車に乗ったね。一時間短縮できるこの近道を知ってるのはごくわずかだ。さっきから一台も通らないだろ」

バックミラーで乃木の姿を確認しながら、運転手がモンゴル語で話しかける。しかし、乃木は手にした二枚の写真に視線を落としたまま反応しない。一枚の写真の裏には日付が、もう一枚には『40年後』と書かれている。

写真を見つめる乃木の表情は苦悩に満ちている。それは今、目の前に立ちはだかっている難題に対してではない。もっと根源的な苦しみだった。

やがて、運転手は車を停めた。しかし、写真に心をとらわれた乃木は気づかない。

「ションベンさせてくれ」

「え？　なに？」と乃木は顔を上げた。

「ションベン！」

叫ぶように言って、運転手は車の外へと飛び出した。

「あ、ちょっと！」

砂漠に向かって勢いよく小便をしながら、運転手が言った。

「セドルまではまだあるから、あんたもしといたほうがいいよ」

乃木は写真を鞄にしまい、車を降りた。

運転手の横に立ち、乃木はチャックを下ろす。運転手が股間を覗き見ようとしているのに気づき、「ちょ、ちょっと！」と慌てて乃木は背を向けた。

「へへへ。日本人は恥ずかしがり屋が多いってのは本当だな」

運転手は小便を済ませると、先に車へと戻っていく。用を足し、チャックを上げたとき、エンジン音が響いてきた。

「日本人は人を簡単に信用するってのも本当だったな！」

「え？」と乃木が振り返った瞬間、タクシーが急発進した。

「はあ⁉　おい！　ちょっと待て‼」

乃木は慌てて追いかけるが追いつくはずもなく、車の影はみるみる小さくなっていく。砂漠を貫く一本道の真ん中で、乃木は呆然と立ち尽くした。

ウソだろ……。

乃木はハッとスーツの胸ポケットからスマホを取り出した。嫌な予感は当たり、アンテナは一本も立っていなかった。

「……」

幸いなことにGPSは機能していた。これを頼りにセドルまで歩くしかない。運がよければ、すぐに車が通りがかるだろう。

だが、その考えは甘かった……。

五キロほど歩いたら、道が消えた。

『なあ、このままだと暑さにやられる。移動は夕方からにして、昼間は休んだほうがいいぞ』

いつの間にか隣を歩いていたFが声をかけてきた。

「そうだね。そうするよ」

岩場が作り出す小さな陰に身を縮めるように収まり、乃木はひと息ついた。

『あとどれぐらいだ？』

乃木がスマホ画面を見て、Ｆに返す。「約五十キロ」

『ギリギリだな』

太陽の高度が下がり、乃木は岩場を出た。しばらく歩くと巨大な砂丘が現れ、先が見通せなくなった。

『まさかこれを越えるのか？』

絶句するＦに乃木は言った。

「この先がセドルだ。回り道する体力もない」

砂丘を登りはじめた乃木の背中にＦの声が飛ぶ。

『言っとくが、こんなとこで死ぬのはまっぴらだからな。おいおいおい、足がもつれてんじゃねえかよ。大丈夫か、おい』

しばらく文句を言っていたＦは、やがて知りうるかぎりのすべての神に救いを求めはじめた――。

星の天幕に覆われたような夜空の下、大小二頭のラクダが砂漠を渡っている。小さなラクダに乗った少女ジャミーンが何かに気づき、前を行く父親アディエルのラクダへと近づいていく。

「どうした？」

ジャミーンは波のように地平を切り取っている砂漠の一点を指さした。アディエルが指先のほうへと視線を移すと、小さな光が目に入った。

「？」

二頭のラクダは方向を変え、その小さな光を目指す。近くまで来て、ふたりはラクダから降りた。おそるおそる光へと近づく。

その光は小さな板から発せられていた。スマホだ。光の輪から外れた場所にスーツ姿の男が倒れていた。


朦朧とした意識のなか、乃木はうっすらと目を開けた。膜がかかったようなぼんやりとした視界の向こうに見知らぬ女性の姿が見えた。

「脱水症状と軽い熱中症を引き起こしてるけど、このまま安静にしていればいずれ目を覚ますでしょう。ジャミーン、氷はこまめに替えてあげて」

横たわる乃木に寄り添い、うちわで風を送っていたジャミーンが小さくうなずく。

女性の姿が視界から消え、涼やかな微風とともにかすかな歌声が聞こえてきた。眠りに誘うような心地のよい声に、乃木の意識はふたたび薄れていった。

獣の気配を感じ、乃木は目を覚ました。子羊の真っ黒な飴玉のような目が自分を見つめている。乃木は驚き、ベッドから飛び起きた。

子羊を抱えていたジャミーンがはにかみながら微笑む。

「あ……君は？」

ジャミーンは逃げるようにその場を離れ、父の背中へと隠れた。

「目覚めたか」とアディエルが乃木に声をかける。

「もしかして、あなたが助けてくれたんですか？　ありがとうございます」

頭を下げる乃木にアディエルは言った。

「礼ならこの子に言ってくれ。お前を見つけたのはこの子だからな。俺はお前を運んだだけだ」

父の背中から半分だけ顔を覗かせている少女に向かって、乃木は微笑む。

「本当にありがとう」

ジャミーンは照れくさそうに部屋を出ていってしまった。

怪訝そうに見送る乃木に、アディエルが言った。

「しゃべれないんだ」

「！」

「二年前に母親が事故に巻き込まれて死んだ。あの子の目の前で……。それ以来、口を利けなくなった」

「……そうなんですか」


十分な睡眠をとったおかげか身体はすっかり回復した。ベッドを出た乃木は招かれるまま食卓についた。アディエルはすでに碗を満たした馬乳酒を飲んでいる。

そこにジャミーンがやって来た。トレイに載せた食事を乃木に差し出す。

「ありがとう」

乃木が受け取ったあとも、なぜかジャミーンはじっとトレイを見つめつづける。

「さあ、食べて」

アディエルにうながされ、乃木は硬そうなパンに手を伸ばした。次の瞬間、ジャミーンが乃木の手からパンを奪い、奥のほうへ去っていく。

「ジャミーン！」

唖然とする乃木に、アディエルが言った。

「悪かった。失敗したパンを食べてほしくなかったんだろ」

「彼女が作ったんですか？」

「ああ。だがこの頃、あまりうまく作れなくてイライラしてるんだ」

「……」


食事を終えた乃木が充電していたスマホを手に取ると、アディエルが訊ねた。

「それで、セドルのどこに行くつもりだったんだ？」

「ここです」と乃木はスマホのＧＰＳ画面を見せる。アディエルの顔が一瞬、曇った。

「アディエル？」

「いや……」

「その前に警察に行きたいのです」

「わかった。案内してやる」

「本当ですか？」

「ああ」とアディエルはうなずいた。「日本人には世話になってるからな」

「そうなんですか……」

　奥のテーブルではジャミーンが何やら作業をしていた。大きな紙袋に入った小麦粉を新聞紙の上に載せ、それを秤(はかり)にかける。

「明日の分か？」

　アディエルにうなずき、ジャミーンは五百グラムになるように小麦粉を足していく。その様子を眺めていた乃木が、ジャミーンのほうへと歩み寄る。

「五百グラム？」

　ジャミーンは黙ってうなずいた。

「ちょっと多いかもね」

　そう言うと、乃木は秤の上の新聞紙を持ち上げた。右手に載せ、小麦粉を少し袋に戻し、感覚で重さを量る。また少し減らし、ふたたび量る。今度はほんのちょっと小麦粉を足してみる。

　その様子をジャミーンとアディエルが不思議そうに眺めている。

　よしとうなずき、乃木は言った。

「これで五百グラム」

「手で量れるのか？」とアディエルが驚き、顔を乃木に向けた。

「僕の唯一の特技です。一キロまでならほぼ十グラムの誤差です」

「へー」

乃木はジャミーンに笑顔を向ける。

「たぶん秤が壊れていたんだよ。だから、うまくパンが焼けなかったんじゃないかな?」

「!」


オーブンの前でジャミーンが、パンが焼き上がるのを待っている。

「ちょうど三十分だ」

アディエルの声を合図に、ジャミーンが蓋を開ける。パンを取り出すと、さっきとはまるで違ってふっくらと焼き上がっている。

「おー、うまくできたな」

「美味しそう」と乃木もジャミーンにうなずいてみせる。ジャミーンは満面の笑みで両の拳を握り、乃木に抱きついた。

「!」

素直に喜びを爆発させる娘を、驚いたようにアディエルは見つめた。

※

翌日、アディエルとジャミーンと一緒にラクダで砂漠を渡り、乃木はセドルにたどり着いた。町に入るとラクダから降り、手綱を引きながら徒歩で警察署へと向かう。

「ここだ」

アディエルがとある建物の前で足を止めた。手前には数台のパトカーが停まっている。

「ありがとうございました」

「俺が行けるのはここまでだ」

ジャミーンが乃木のもとへと駆け寄り、両手を広げて抱っこをせがむ。乃木は微笑み、ジャミーンの身体を抱え上げた。はしゃぐ娘を見ながらアディエルがつぶやく。

「カオル以外の人間にこんなに笑顔を見せるのは久しぶりだ」

「カオル？」

「ジャミーンの主治医だ。お前も彼女に助けてもらった」

乃木は朦朧とした意識のなかで見たおぼろげな女性の姿を思い出す。

アディエルは乃木の腕のなかの娘を見ながら、言った。

「この子は直感的に人間の善悪を見抜けるのかもな……」

乃木は複雑な表情を浮かべ、ジャミーンを下ろす。

「さあ、ここでお別れだ。ジャミーン、新しい秤を買いにいこう」

アディエルはジャミーンの手を取り、乃木に言った。

「ここの警察はギャングたちよりもたちが悪い。気をつけろよ」

「はい」

別れの際、アディエルとジャミーンは乃木に向かって両手を合わせた。

「御仏のご加護があらんことを」

ふたりは仏教徒だったのだ。乃木も両手を合わせ、ふたりに頭を下げた。


『アマン建設会社』の看板が掲げられた敷地に二台のパトカーが入っていく。前を行くパトカーの後部座席には乃木の姿がある。隣に座った警察官のバータルが言った。

「ここがアマン建設会社だ」

「ありがとうございます」

「ひとり一万ドル。署長は二万。わかってんだろうな」

「それはもう。大丈夫です」

車が停まり、助手席の警察官、カイが言った。

「変なのが来ましたよ」

「これは警察の旦那、何か御用で?」

腰の低い四十がらみの社員、キクがバータルに訊ねる。

「こちらのビジネスマンが、ザイールって奴に会うためにわざわざ日本から来た。すぐ会えるように手配しろ」

「それが今、ちょうど……」

バータルはいきなり銃をキクに突きつけた。

「手配しろ!」

「!　は、はい、今すぐ」

キクは血相を変え、大きなゲルに向かって走っていく。


新しい秤を載せたラクダを引きながら、アディエルはアマン建設会社の敷地へと向かった。あとからジャミーンを乗せたラクダが続く。

乃木のことが気になり、様子を見にきたのだ。

ゲルから出てきたキクをジャミーンが指さす。ジャミーンの表情を見て、アディエルは眉間にしわを寄せた。

キクはパトカーに近寄り、後部座席のバータルに言った。

「旦那、どうぞ中に」

「十分も待たせやがって」

舌打ちしながらバータルが車を出る。乃木もあとに続く。後ろのパトカーからもふたりが合流し、計五名の警察官が乃木とともにゲルへと入っていく。

その姿をアディエルとジャミーンが心配そうに見送っている。

ゲル内は砂地に絨毯が敷かれただけのシンプルな空間だった。中央に大柄な男が座っている。間違いない、ザイールだ。

「お前がザイールか？」

バータルが訊ねるとザイールは小さくうなずいた。

乃木が前に進み出て、口を開いた。

「私は丸菱商事の乃木と言います。弊社から誤って送金してしまった九千万ドルがGFL社からこちらに全額送金されていることがわかりました。さっそくで申し訳ないですが、弊社の手違いで送ってしまった九千万ドル、全額返金していただきたいのです」

ザイールは鼻で笑った。

「なに言ってんだ、お前。金なんかない。ないものをどうやって返せっていうんだ？」

「そんなはずはありません。ダイヤに換えて持ち運んだのも知ってます」

一瞬、表情が変わったが、ザイールはすぐにとりつくろう。

「ウソをつけ」

「では、これを見てください」と乃木はスマホを懐から出した。サムから送られてきた銀行の監視カメラ映像をザイールに突きつける。

「!!」

「……」

様子をうかがっていたバータルが、ここぞとばかりにザイールを怒鳴りつけた。

「証拠はそろってんだ！　おとなしくこいつに九千万ドル返せ！」

ザイールは口もとに笑みを浮かべ、軽蔑のまなざしを警官たちへと向ける。

「どうせお前ら、分け前欲しさについてきたんだろ？　金で釣られる警察ほど間抜けなものはねえな」

侮辱され、カイがザイールに銃を向けた。

「うるせーな！　いいから、こいつに金を――」

一発の銃声が鳴り響き、その口を黙らせた。眉間に小さな穴が開き、カイは倒れる。

いきなり隣のカイが撃たれ、乃木は腰を抜かした。

警官たちが一斉にザイールへと銃を向ける。銃を下ろすことなく、ザイールは言った。

「どうした？　早く撃て」

しかし、警官たちは動けない。

「そうさ。俺が死んだら、ダイヤは出てこねえ」

ザイールは絨毯に尻もちをついている乃木へと視線を移した。

「お前、どうやってここを見つけた？」

「え？」

「ここまで来た奴はお前が初めてだ……おい、日本人！」

「は、はい」

ザイールは乃木に近づき、耳もとに顔を寄せた。

「お前がヴィヴァンか？」

「ヴィ、ヴィバ……？」

「ヴィヴァンなんだろ？」

「あ、あの、あなたのおっしゃっていることがわかりません。私はヴィバではなく丸菱商事の……」

ザイールは服の帯をゆるめながら戻っていく。

「ここまでたどり着いたことは褒めてやる。だが、ここから先は進めない」

　乃木は立ち上がり、「困ります！」とザイールの背中に向かって叫んだ。「私はお金を回収しなければならないんです！」

　ザイールが振り返り、言った。

「俺の運命とともに、お前も終わる」

　ザイールがゆっくりと上着を開くと、腹に巻かれた爆弾が目に飛び込んできた。右手には起爆スイッチが握られている。

　乃木はふたたび腰を抜かし、おののきながらあとずさる。

「家族を守るためには、こうするしかないんだ」

「……」

　バータルが両手を前に出し、「落ち着け、バカな真似はやめろ」と説得にかかる。ほかの警官たちは銃を構えながらあとずさっていく。

「ジタバタするな！」とザイールが鋭い声を発した。「今から逃げても爆風でやられる。俺を撃ったところで、このスイッチくらい押せる。どっちにしろ、全員死ぬ」

　ザイールの本気を察し、バータルは泣きわめきはじめた。

「やめろ！　やめてくれ」

「すべてはお前のせいだ」

ザイールは乃木をにらみ、目を閉じた。

起爆スイッチに親指を載せた瞬間、銃声がとどろいた。右手が弾かれ、スイッチが床に落ちる。

うずくまりながら、ザイールは銃声のしたほうへと目を向けた。拳銃を手にした大柄な男が駆け込んできた。

「走れ‼」

突然の出来事に、乃木の身体は固まっている。

バータルを先頭に警官たちがザイールへとのしかかっていく。

乃木は大柄な男に手を引かれ、ゲルから逃げ出す。

ザイールは転がっている起爆スイッチへと左手を伸ばす。気づいたバータルが必死に奪い取ろうとするが、ザイールが先にそれをつかんだ。

ゲルを出るや、男は叫んだ。

「爆発する。伏せろ！」

ゲルの外で様子をうかがっていたアディエルは、とっさにジャミーンに覆いかぶさった。

乃木が男と一緒にゴミ穴へと飛び込んだとき、ゲルが爆発した。

※

セドルの隣町、ザヤの病院の会議室で、世界医療機構の定例会議が開かれている。柚木薫が発言しようとしたとき、それをさえぎるようにひとりの医師が窓外を指さした。

「なんだ、あれ?」

その声に一同が窓へと目をやる。遠方で黒煙が上がっているのが見える。

「爆発でもしたのか?」

「あっちはセドルのほうですね」

皆が窓際に行き、立ちのぼる煙を見つめていると、いきなり爆発音が窓を震わせた。


爆発に巻き込まれた怪我人が次々と運び込まれてきた。セドルには救急救命に対応できる大きな病院がなかったのだ。医師や看護師でごった返すなか、薫ら世界医療機構のメンバーたちも患者の処置に向かう。

渋滞するストレッチャーの一台に瓦礫の中から助け出された乃木の姿があった。意識不明の状態で、顔も身体も泥だらけ。シャツは破れ、左腕からは血が流れている。

薫に乃木を引き渡しながら病院スタッフが告げる。

「腕に大きな裂傷。脳震盪を起こしています」

「ほかに外傷は？」

「ありません！」

「バイタルは？」

「正常です」

薫はペンライトで乃木の顔を照らした。

「この人……」

「先生」

「洗浄だけして二階ロビーに！」

運ばれていく乃木を薫が見送っていると、看護師のイリアが駆け寄ってきた。

「薫！」

イリアの視線を追うと、頭から血を流したジャミーンが、運ばれてきたストレッチャーに心配そうに寄り添っている。

「ジャミーン！」

薫に気づき、ジャミーンの目から涙があふれた。泣きながら薫に飛びつく。薫に抱きしめられ落ち着いたのか、すぐにジャミーンは身体を離した。

「パパ、パパ」とストレッチャーを指さし、訴える。

「アディエル？」

薫はストレッチャーの上のアディエルの姿を見て、絶句した。

ひどい……。

アディエルはうっすらと目を開き、薫に言った。

「娘を……ジャミーンを、頼む……」

「何も心配しなくていい！」

薫はアディエルにうなずき、看護師に指示する。

「オペ室へ。私が執刀します」

運ばれていくアディエルについていこうとするジャミーンを薫が抱き止める。

「大丈夫。絶対大丈夫だからね。イリア、ジャミーン知ってるでしょ」

「はい」と傍らにいたイリアが薫に応える。

「PCに通院履歴とカルテがあるから、それを探して処置をお願い」

ジャミーンをイリアに預け、薫は手術室へと向かった。

乃木は夢を見ていた。

夢の中で乃木は幼児に戻っていた。母の腕に抱かれ、泣いている。

見渡すかぎり、砂、砂、砂……ここは砂漠だ。

鈍色の空からヘリコプターの機体が姿を現した。

父がそのヘリに向かって必死に手を振っている。

「急げ!!　頼む。急いでくれ!!」

しかし、なぜかヘリは方向を変え、去っていく。

「待ってくれ!!」と父は叫んだ。「おい!　どうしたんだ!!」

父はヘリに向かって駆けだした。乃木を抱いた母も続く。

「俺たちはここにいる!!　助けてくれ!!」

父の絶望を感じ、乃木は泣き叫んだ。


ハッと目を覚ますと異人の顔があった。赤黒く日焼けした肌は泥にまみれ、彫りの深いエキゾチックな顔立ちのなか、やけに大きな目が爛々と光を放っている。身に着けているのが清潔な病院服だったから、顔だけが妙に浮いて見える。

「え、あなたは……？」

モンゴル語で訊ねると、男は言った。

「日本人だ」

「日本？」

乃木の脳裏に、「走れ！」という鋭い日本語の叫び声がよみがえった。

「あ！　あのときの！」

ザイールの自爆から間一髪で助け出してくれた男だ。

「ありがとうご――」

「乃木憂助」と男がさえぎった。「丸菱の社員か」

差し出されたのはボロボロになった名刺入れだ。

「あ、はい……あなたは？」

「野崎」

「野崎、さん？」

身を起こそうと身体に力を入れたとき、左腕に激痛が走り、乃木は顔をゆがめた。すかさず野崎守（のざきまもる）が傷の具合を確認する。

「処置しないとまずいな」

「！……」

混乱する一階ロビーにバルカ警察の主任警部チンギスが部下を引き連れ、入ってきた。怪我人たちの顔を乱暴に確認していく。

目的の人物が見つからず、チンギスは次第に苛立ちはじめる。忙しなくフロアを行き来する世界医療機構の医師を捕まえ、怒りをぶつける。

「いいから、運ばれてきた日本人の男を渡せばいいんだよ！」

「許可できません」

「許可？　バカか。ここはバルカだぞ。俺が法律だ！」

アディエルの手術は困難を極めていた。複雑骨折しているうえに、折れた肋骨が肺を傷つけ、出血も多い。至近距離にいたのだろう。爆発の衝撃をもろに受けた背中にはひどい火傷も負っていた。

しかし、ジャミーンから父親を奪うわけにはいかない。彼女にはどうしても父親が必要なのだ。

アディエルの命を救うべく、薫は懸命に手を動かす。

ふいに心電図がアラームを発しはじめた。イリアがモニターに目をやり、「薫！」と叫ぶ。心拍がフラットになっている。

イリアから除細動器を受け取り、薫はパッドをアディエルの胸に当てた。電気ショックで身体が跳ねる。

しかし、平坦なラインに波は現れない。

「アディエル！……アディエル！」

心臓マッサージを十分以上繰り返したが、脈が戻ることはなかった。

悲しみではなく理不尽な運命に怒りをあらわにしながら、薫はアディエルの身体から手を離した。震える肩にイリアがそっと手を添える。

「……ジャミーンはどこ？」

「二階の処置室に」

薫はそれ以上アディエルを見ていられず、手術室を出ていった。

手術着から着替えた薫がイリアと一緒にジャミーンのもとへと向かっている。広い廊下の片隅で、同僚の医師と話している警官の大きな声が聞こえてきた。

「いいか、この惨劇を引き起こしたのはその日本人だ。セドル署の警察官五人を引き連れて、その直後全員が爆死したんだ！」

チンギスの言葉に、薫は足を止めた。

「しかし、それだけでは……」

引き渡しを迷う医師に、「なにのんきなこと言ってんだ！」とチンギスは詰め寄る。

「そいつを早く捕まえないと、この病院だってなにされるかわかんねえぞ」

「その日本人なら二階です！」と薫がチンギスに言った。チンギスが薫に目をやり、

「おい！」と同僚医師がにらみつけてくる。

「いいの？　同胞なのに」

「そんなの関係ない！」と薫はイリアに吐き捨てた。「絶対、許さない……！」

「女、案内しろ！」

薫はうなずき、踵（きびす）を返した。

薫に先導され、チンギスを筆頭に十人近い警官たちが二階へと上がっていく。

「ここです」

警官たちは銃を構え、警戒しながらロビーに足を踏み入れた。チンギスは半数をもう一つの出入り口へと向かわせ、自分は薫のあとに続く。

簡易ベッドを運び込み処置室にしていた小部屋のドアを、薫は勢いよく開けた。しかし、ベッドはもぬけの殻だった。

部屋を見回し、「どこだ！」とチンギスが叫ぶ。

「どうして……」

「お前……まさか！」

「この部屋にいるはずなんです！　本当です！」

薫はベッドの下や物陰に乃木の姿を捜すが、いない。

「もういい！　全館捜せ！」


その頃、簡易ベッドが運び出されてスペースができた物置で、乃木が野崎から傷の手当てを受けていた。どこから調達したのか緊急用の医療キットを用い、器用に左腕の裂傷を縫っていく。

処置をしながら、野崎は乃木が置かれている現状を説明する。

「……警察は本当に僕が犯人だと？」

「ああ」

「でも何もしていないし、どっちかって言えば被害者だし、説明すれば……痛っ」

消毒液が傷に染み、思わず声が漏れた。

「静かにしろ！」

「すみません……」

「地元警官が五人巻き込まれて死んだ。奴らは犯人を捕まえなきゃならん。事実なんてどうでもいいんだ。捕まったら牢屋にぶち込まれるぞ」

「そんな……」

「ここは日本じゃない。バルカだ。捕まりたくなければ、指示どおりに動け。ここから出してやる」

「……はい」

「その代わりと言っちゃあなんだが、お前に聞きたいことがある」

簡易ベッドが詰め込まれた大部屋は、患者やその関係者でごった返している。頭に包帯を巻いたジャミーンが隅のベッドに横たわり、父親との写真をじっと見つめている。

その姿を戸口に立った薫が切なげな表情で見守っている。

意を決し、ジャミーンのもとへ向かおうとしたとき、背後から大きな手が伸び、薫は口をふさがれた。

「⁉」

そのまま階段下まで引きずられるように連れていかれる。

薫の口を手でふさいだまま、野崎は背後から訊ねた。

「世界医療機構の柚木薫だな」

大きな手の中で薫はうなずいた。

「ここに運ばれた日本人が爆破犯だと疑われている。知ってるか？」

薫はコクンとうなずく。

「あいつは犯人じゃない。俺は現場にいた。同じ日本人として協力してくれ。迷惑はかけない」

疑いつつも、薫はうなずく。

「今から手を離す。叫んだりすんじゃねえぞ」

薫は何度もうなずいてみせる。

野崎はゆっくり手を離した。薫は振り返り、ギョッとした。彫りの深い顔立ち、自分よりも頭二つは高い長身……とても日本人には見えなかった。

警戒しつつ、薫は訊ねる。「何をすれば……？」

「奴は腕に大きな傷を負っている。治療を頼む。それと警官たちを引きつけてほしい」

「……警官を？」

「西棟にその日本人がいたと広めてくれ」

薫はうなずいた。

※

物置で乃木の傷を確認した薫は、「それにしても上手」と野崎の処置に舌を巻いた。

「これなら痕は残りませんよ」

野崎は得意げに鼻を鳴らす。ガーゼを取り換え、その上から包帯を巻きながら、薫は野崎に訊ねた。

「あなた、私のこと知ってるってことは、大使館の――」

「悪いが詳しい話をしている暇はない」と野崎がさえぎる。「警官は？」

「西棟を一斉に調べてます」と返し、薫は薬袋を野崎に渡す。「これ、痛み止めと抗生物質。五日分です」

乃木が薫にぎこちない笑みを向けた。

「あ、ありがとうございます」

「世話になったな」と野崎も薫に礼を言う。

薫は小さく会釈を返した。

「行くぞ！」

乃木が野崎にうなずき、ふたりは出口へと向かう。その後ろ姿を、薫がじっと見つめている。

静かに扉を開け、廊下の様子をうかがったふたりは、すぐ顔をこわばらせた。チンギスら警官隊が廊下の先で待ち構えていたのだ。

踵を返し、もう一方の出口へと向かおうとしたとき、そこから別の警官隊がなだれ込んできた。

「!!」

野崎は背後の薫に言った。

「お前……まさか……」

悪びれもせず薫は答える。

「あの爆発で生き残ったのはあんたたちだけなんでしょ……あんたたちがやったに決まってる！」

「それは違います」と乃木が反論する。

しかし、薫は怒りで耳をふさいでしまっている。

「本当に無実なら、堂々と警察に話せばいい！」

「奴らがまともに話を聞くわけねえだろ！　このバカ女」

野崎の暴言はすぐに止まった。ふたりを取り囲んだ警官隊が一斉に襲いかかってきたのだ。ふたりは瞬く間に取り押さえられた。

遅れて物置に入ってきたチンギスが、「連れてけ！」と部下たちに指示を出す。

同胞ふたりが連行されていくのを複雑な表情で薫が見送っていると、いきなり小柄な警官に腕を取られた。

「ちょっと！　あたしは違うわよ」

「お前も仲間だろ」とチンギスが冷たく言い放つ。

「なわけないでしょ！　私はここの医師！　こいつらを突き出したのが、私！」

チンギスは薫を確保している警官、ムフンバトを目で示し、言った。

「こいつが階段下でお前らがしゃべってたのを見てたんだ。アラブ系だと思ってたが、日本人だったんだな。連行だ」

「私は違うって！　関係ないの。脅されただけだって」

有無を言わせず、薫は手錠をかけられた。ぎゃあぎゃあ騒ぐ薫とは対照的に、野崎はおとなしく連行されていく。

　妙に落ち着いている野崎を、乃木は不思議そうに見つめた。


　患者や病院関係者のさらし者にされながら院内を通り、三人は病院前に停まっていたバンの後部座席に押し込まれた。最後にムフンバトが乗り、ドアを閉める。助手席に乗り込んだ中年の警官、ボロルマーが後部座席を振り返り、言った。

「しかし楽勝だったな？　こんな簡単に捕まえられるとはな」

「まったくだ」とムフンバトが答える。

　ふたりの会話を聞き、野崎が笑いだした。

「何がおかしい。ふざけた野郎だ。なあ」とボロルマーは運転席へと顔を向ける。ハンドルを握る力士のような警官を見て、「はて？」と首をかしげた。

　こんな奴、署にいたっけ？

　次の瞬間、強烈な肘打ちをみぞおちに食らい、ボロルマーは失神した。

　あまりの早業に乃木は目を丸くし、薫はあっけにとられている。

「え⁉　なに今の⁉」

「なにすんだ！」とムフンバトが運転席を覗き込んだとき、すかさず野崎が手錠のかかった両手を首に回した。鎖がムフンバトの首を絞めつけていく。

乃木と薫が唖然とするなか、野崎が運転手に言った。

「出せ、ドラム」

運転手がアクセルを踏み込み、バンは急発進。運転しながら助手席のドアを開け、気絶したボロルマーを道路へと突き落とした。

道に転がるボロルマーから走り去るバンへとチンギスが視線を移すと、リアウインドウ越しにムフンバトと野崎が揉み合っているのが見える。

ようやく状況を把握し、チンギスは病院前で騒然となっている部下たちに叫んだ。

「追え、追え！」

チンギスもすぐさまパトカーの運転席に乗り込むが、キーを回してもエンジンがかからない。周りを見回すとほかのパトカーも同様だ。

「クソッ！」とチンギスは両の拳をハンドルに叩きつけた。

バンの後部座席では、野崎がムフンバトを絞め落としたところだった。ゴトンと床に崩れるムフンバトを、乃木と薫がこわごわと見つめる。野崎は手錠の鍵を求め、ムフンバトの身体を探っていく。

「まさか、死んじゃったんですか？」

「気を失っただけだ。パトカーは？」

乃木はリアウインドウを振り返り、言った。「一台も追ってきません」

野崎が運転席をうかがうと、ドラムがパトカーから取り外した配線の束をかかげた。

「いいぞ、ドラム！」

チンギスはパトカーを降り、遠ざかっていくバンにライフルを向けた。

真っ先に気づいたのは野崎だった。まだ十分射程距離だ。

「伏せろ」と言いながら、野崎は隣の乃木の頭を押さえ、無理やり伏せさせた。わけがわからない薫は、「え？」とそのままの体勢。野崎が起き上がり、薫を引き倒す。

破裂音とともにリアウインドウに小さな穴が開き、銃弾が薫の背後の壁に当たる。シートに顔を伏せたまま視線を動かし、薫はまじまじと野崎を見つめる。

破裂音が続き、蜘蛛の巣のような亀裂がリアウインドウに走る。

シートにうずくまり、乃木と薫は恐怖に身を震わせる。しばらくすると銃声が途絶えた。どうやら射程距離を超えたようだ。

野崎が身を起こしたのを確認し、薫はそーっと顔を上げた。

「本当に大丈夫ですか？」

「さすがにここまでは届かない」

野崎はムフンバトの腰の鍵束から鍵を取り、自分と乃木、薫の手錠を外していく。手錠の跡をさすりながら、乃木が運転席へと目をやった。

「あの方は？」

「安心しろ。仲間だ。日本語も理解できる」

ドラムは後ろに向けてスマホをかかげた。

「私はドラムです。よろしくね」とまるで身体に合っていないアニメの女性キャラのような声がスマホから話しかけてきた。乃木と薫は思わず頭を下げる。

顔を上げ、薫は鼻をひくひくさせた。

「ねえ、なんか匂わない？」

野崎がハッとして、窓から顔を出す。ガソリンの跡が道路に続いている。ガソリンタンクが銃弾に打ち抜かれていたようだ。

「クソッ！　ドラム、どっか停めてくれ」

「了解したよ。野崎さん」とアニメ声が答える。

砂漠を貫く道の脇にバンが停まっている。

乃木は、車から降ろしたムフンバトの手と足を粘着テープでグルグル巻きにしている。

車の下にもぐった野崎は、ガソリンタンクの穴を布でふさぎ、その上からテープを貼るという応急処置を施している。

テープでふさがれた口をもごもごさせているムフンバトに乃木が言った。

「大丈夫ですよ。あとでここを警察に連絡しておきますから」

安堵したようにムフンバトはうなずく。

薫が作業している野崎を覗きながら、つぶやく。

「それにしても、人も車も処置がうまいわね」

野崎が作業を終え、車の下から這い出てきた。すかさずドラムがスマホをかかげる。

「ガソリン、十五リットルぐらいしか残ってないよ。百キロ走ったらおしまいね」

「プランBだ」

ドラムは黙ってうなずいた。


夕陽が赤く照らす砂漠を四人を乗せたバンが行く。

「ねえ、あなたたちって一体何者なの？」

あらためて薫が乃木と野崎に訊ねた。

「ご挨拶が遅れまして、申し訳ありませんでした」と乃木は名刺を差し出した。受け取った名刺を見て、薫は驚く。

「丸菱商事⁉　超エリート」

「いえ、そんな大したことは……」

「で、なんでここに？」

「お恥ずかしい話ですが……弊社で誤送金問題が発生しまして、それを取り戻しにやってまいりました」

「じゃあ、あなたは」と薫は野崎に水を向ける。「丸菱って感じしないんだけど？」

黙ったまま答えない野崎に、薫が言った。

「大使館勤務。外交官でしょ？」

「ああ」

「だから知ってたんだ、私のこと」

「でも外交官なら逮捕されないはずでは」と乃木が疑問をぶつける。

「ああ」と野崎はうなずいた。「だが、お前を奴らに渡すわけにはいかない」

「！」

「私は？」

野崎に鼻で笑われ、薫はムッとする。

「出身は外務省ですか?」

乃木に問われ、野崎は言葉に詰まった。

「外交官にもいろいろあるじゃないですか。防衛省から派遣されたとか」

しばし考え、野崎は名刺を見せた。記された肩書に薫と乃木は目を見張る。

「公安!」

「公安部……外事第四課?」

野崎と乃木を見回し、薫は言った。

「超エリートと警察……ってことは爆破犯じゃないってこと?」

「だからさっきから――」

「あの」と乃木が焦ったように野崎をさえぎった。「僕をここの警察には渡さないとか聞きたいことがあるとか、ザイールの自爆とか……もしかして僕は大きな事件に巻き込まれた、重要参考人になってしまったってことですか?」

「……」

「教えてください!」

「お前は世界中を巻き込む大きな渦に入り込んだ」

「え⁉」

「日本警察が責任を持って、お前を保護する」

「！」

「お前のためじゃない。日本国のためだ」

「どういう意味ですか？」

野崎は薫をチラと見て、言った。

「こいつがいるから言えない」

「私、口堅いです」

ふたたび野崎が鼻で笑った。

な……。

「野崎さん」

運転席からのアニメ声が三人の会話をさえぎった。

「もうすぐ着くよ。準備お願いね。指紋も全部拭き取ってね」

赤茶けた砂漠の向こうに小さな町が見えてきた。

※

前もって懐柔していた町の権力者とドラムが交渉し、車の処理と隠れ家を得ることができた。ドラムと別れた野崎、乃木、薫の三人は、案内人の男の先導で浮浪者がたむろする怪しげな裏路地を進んでいく。渡されたスカーフを顔に巻いた薫が、イスラム風の服装の浮浪者たちを見ながら野崎に訊ねる。

「ここの住民は皆、イスラム教ってことですか？」

「そうだ。多くの宗教が混在するバルカではイスラム教は少数派。一般人の目にも届きにくい。隠れるのにもってこいだ」

それでこの町に来たのかと乃木と薫は納得する。

歯が抜け落ちた薄汚い浮浪者ダバがしつこく金をせびってきた。先導の男が乱暴に浮浪者を払いのける。

路地を抜けると古いモスクが現れた。案内人が足を止めた。

「ここだ。中にウラマーという男がいる。あとはそいつが引き継ぐ」

野崎が礼を言い、乃木と薫も頭を下げる。

案内人が去り、野崎を先頭に一同はモスクへと入っていく。

中で待っていたウラマーにうながされ、三人は礼拝堂に入った。その荘厳な雰囲気に一同は目を見張る。

「ここをお使いください」

乃木は正面に身体を向け、イスラム式の挨拶をした。

「あなたはイスラム教徒ですか？」とウラマーが訊ねる。

「いえ」

「ではなぜ挨拶を？」

「イスラム教ではこうすると学びました」

ウラマーは怪訝そうな表情を浮かべ、去っていった。

「なんかおかしかったですかね？」

乃木に訊かれ、野崎は言った。「お前の気持ちが理解できないんだろ」

「？」

「他人の宗教を尊重する日本人のほうが珍しいんだ」

「……なるほど」

「そんなことよりこれからどうするんですか⁉」と薫が野崎に詰め寄った。「私、病院に帰りたいんですけど」

「駄目だ」

「だって……」

「戻ったところで警察に捕まって尋問される。そうしたら、お前は俺たちのことを話すに決まってる」

「そんなの話すわけないじゃないですか！」

「いや、話すよ。それくらいのことをされる」

「え……」と薫は固まった。

「今は逃げるしかない」

野崎はポケットから地図を出し、ふたりの前に広げた。

「俺たちがいるのはここ。警察はカザフとの国境に向かうと踏んでいる。ドラムの話だとすでに捜査網が張られているようだ」

バルカは、東のモンゴル、西のカザフスタン、北のロシア、南の中国という四つの広大な国に囲まれた小さな国だ。国外逃亡を図るとすれば、国際情勢的にもカザフスタンに入るのが一番だが、それができないとなると……。

乃木は難しい顔を野崎に向けた。

「じゃあ、どうするんですか?」

「逆を行く」と野崎は地図に置いた指を北へと動かす。「向かうのは、ここ」

「首都クーダン……?」

「今、この国で俺たちにとって唯一の安全な場所は」

乃木に先んじ薫が言った。

「大使館」

「そうだ」

そこに食事を載せた盆を持った子供たちを連れ、ウラマーが入ってきた。

「お腹がすいたことでしょう。残り物ですが、召し上がってください」

「わー、ありがとう」と薫が子供たちに笑顔を向ける。

「ありがとう」と乃木も礼を言い、野崎が「すまんな」とウラマーから盆を受け取る。


食事をしながら、野崎が乃木に訊ねた。

「お前、子供は?」

「いえ。結婚もしてません」

「ご両親は?」

「いません……小さい頃に亡くなってしまって」

「事故か何かか?」

「まあ、いろいろあって……」

重くなった空気を変えようと薫が野崎に矛先を向けた。

「あなたは？」

「お前はどうなんだ？」と質問には答えず野崎が訊き返す。「バルカにいるくらいだから、結婚なんて考えてないんだろうな」

「お前って言うのやめてくれません？　ちゃんと柚木薫って名前があるので」

「カオル……？」

乃木の記憶にその名が引っかかる。たしかジャミーンの主治医が同じ名前だった。砂漠で倒れた自分の治療をしてくれたのもその人だったはず……。

「もしかしてアディエルの家で！」

「今頃気づいたんですか？」と薫はあきれた。

乃木は面目なさそうに頭を下げた。「すみません……」

「そのアディエルはあの爆発で亡くなりましたけど」

「！」

礼拝堂の隅に毛布を敷き、黄色い枕に頭を載せた三人が眠っている。静かな寝息を立てている野崎と薫とは対照的に、乃木は苦しげなうめき声を漏らしている。

乃木はあの夢を見ていた。

ヘリが去り、父の絶望の叫びが砂塵に消えると同時に、親子は武装勢力の軍用車に取り囲まれた。

「どこに連れてく!!」

無理やりトラックの荷台に押し込まれた乃木に向かって、父と母が叫んでいる。半狂乱になった母は銃の端で頭を殴られた。

その姿に乃木は泣き叫ぶ。

「お父さん!! お母さーん!!」

しかし、無情にもトラックは発進し、父と母の姿は小さくなっていく……。

悪夢にうなされる乃木を、かたわらに立ったFがじっと見つめている。


モスクの近くの道を三十名ほどの警官隊が駆けていく。先頭を走るのはチンギス。編隊の中にはムフンバトの姿もある。と、ひとりの浮浪者が現れ、手で合図を送る。歯抜けのダバだ。

ダバは警官隊をモスクへと案内する。

「ここ、日本人入ってった」

そう言って、ダバはチンギスに手を差し出す。チンギスはあごで部下に指図すると、モスクの中へと入っていく。

チンギスの指示を受けた警官が札を数えだすのを、ダバはうれしそうに見つめる。

部屋で子供たちと寝ていたウラマーの口をふさぎ、チンギスは銃を突きつけた。

「日本人のところに案内しろ」

ウラマーは目を見開き、うなずいた。

子供たちを起こさぬようにそっとベッドを降り、ウラマーはチンギスら警官隊を礼拝堂へと先導していく。

礼拝堂の前でウラマーがうなずき、チンギスは勢いよく扉を開けた。

「警察だ！　おとなしく――」

しかし、礼拝堂はもぬけの殻だった。隅に毛布だけが残されている。

チンギスはウラマーをにらみつけるが、ウラマーは困惑したように首を振る。チンギスは舌打ちし、毛布に触れる。かすかに温もりが残っている。

「まだ近くにいるはずだ。周辺を徹底捜索！　鑑識は徹底的に指紋検出。それとボムだ」

モスクの向かいの建物の屋根からドラムが様子をうかがっている。周囲を囲んでいた警官隊が動きはじめた。ひとりの警官が警察犬のボムを連れてモスクへと入っていく。

ドラムはすぐさま野崎にメッセージを送った。

三人はモスク近くに建つ小屋の物置に隠れていた。スマホに届いたドラムからのメッセージに、「警察犬だと……」と野崎は顔色を変えた。

毛布には自分たちの匂いがついている。警察犬に居場所を捜されたら一発だ。

野崎は乃木と薫を引き連れ、物置を出た。

民家の台所に忍び込み、野崎はふたりに言った。

「香辛料探せ」

「胡椒とか?」と薫。

「なんでもいい。匂いのキツいやつだ。犬の嗅覚を狂わす」

「あの……」と乃木がおずおずと口をはさんだ。「バルカ料理は香辛料を使いません。だから探してもないと思いますが……」

「!」

ありがたい忠告だったが、なぜかムカついて野崎はジロと乃木をにらむ。

え……なんで?

考えにふけっていた野崎だったが、窓の外に何かを見つけ、ふたりを振り向いた。

「お前ら覚悟はいいか」

「？」


ダバがニヤニヤと金を数えながら歩いていると、いきなり胸倉をつかまれ路地へと連れ込まれた。

ドラムの顔に浮かんだ邪悪な笑みを見て、「ヒィー」とダバは悲鳴をあげる。

いっぽう、三人は共同便所の中にいた。

「なにグズグズやってんだ。早くしろよ」

汲み取り式便器の穴の下から野崎の声が聞こえてくる。

「だって」と薫は穴を見つめる。あまりの悪臭に吐きそうだ。

えずきだした薫に、「おいおいおい」と野崎は顔をしかめた。

穴の下から手を伸ばし、乃木が言った。

「薫さん、大丈夫です。大して溜まってません。足首が埋まる程度です。さあ、この手につかまって。支えてあげますから」

しかし、薫は踏ん切りがつかない。

そのとき、外から犬の鳴き声が聞こえてきた。

「来やがった」

「もぉ！」と薫は穴から伸びた乃木の両手に身体を預けた。

地獄に落ちたような顔で肥溜めに立つ薫に、「こっちに来い」と野崎が手招く。

野崎は糞尿を手ですくい、首回りなど肌が露出している部分に塗りはじめた。

「お前らもやれ」

薫は泣きそうな顔になる。

乃木が糞尿を塗りはじめたとき、ドアが開く音がした。足音と犬の息づかいが穴の上から聞こえてくる。

野崎が薫の手を押さえ、乃木が糞尿を塗りはじめた。あまりの臭さに薫の目から涙がこぼれる。

犬の息づかいが近づいてくる。

三人の身体に緊張が走る。

と、穴の上から懐中電灯の光が差してきた。ボムのリードを持ったチンギスが穴の中を探っているのだ。

光が移動し、徐々に近づいてくる。三人は懸命に息をひそめる。

糞尿の匂いが混じり、ボムは困惑したように鼻を鳴らした。便所を出ていこうとするボムに、「おい」とチンギスが声をかける。

「待て」とボムを制し、チンギスはさらに穴の奥を見ようとする。懐中電灯の光が三人を照らそうとしたとき、外から大きな爆発音がした。

「！」

チンギスは慌てて外に飛び出していく。

闇を赤々と照らす炎を見て、チンギスは叫んだ。

「あいつら！」


警官と犬が去り、一分ほど様子を見たあと、まず乃木が穴から這い出た。続いて薫を引き上げるべく伸ばした腕を脇から抱える。下では野崎が薫を持ち上げている。もう少しで引き上げられると思ったとき、便所のドアが開いた。

驚き、乃木は薫を離してしまった。

「きゃ」という悲鳴とともに薫はふたたび肥溜めに落ちた。

「野崎さん、爆発うまくいったよ。いるの？　いたら返事よ」

アニメ声が便所に響く。

「ドラムさん」と乃木が声をかける。入ってきたドラムは大げさに鼻をつまんだ。

「おいドラム、計画は？　ドラム！　ドラム！」

穴の下から野崎が叫ぶ。

ドラムはスマホを穴のほうに向けた。

「どこに隠れても警察犬に見つかるよ。車での強行突破、それしかないね」

「わかった」


爆破されたのは古い小屋だった。人が住んでいるわけではなく、人的被害はないようだ。燃える小屋の周りを警官と住民たちが囲み、バケツリレーで消火活動をしている。

その様子を眺めながら、チンギスが苦々しげにつぶやく。

「あいつら、どこに隠れやがった」

そのとき、一台の車が柵をなぎ倒して、走り去った。病院で盗まれた警察のバンだ。

「奴らだ！　追え！」

警官たちが一斉にパトカーに乗り込み、発進した。先頭を行くのは助手席にチンギスを乗せたパトカーだ。

ドラムが運転し、後部座席に三人を乗せたバンは町を出た。

月明かりが照らす夜の砂漠をバンが駆け、その後ろを赤い警告灯を光らせた四台のパトカーがドッグレースの犬のように猛然と追っていく。

「もっと飛ばせ！」

野崎はリアウインドウから後ろを確認する。

チンギスは窓から身を乗り出し、バンのタイヤめがけて発砲した。

ふいに爆発音がして、乃木と薫は身を縮めた。

チンギスはさらに発射。

ふたたび大きな音がして、薫は叫んだ。

「なんなの、これ！」

「アフターファイヤーだ。古い車によくある」と野崎が冷静に返す。

バンのタイヤがパンクし、チンギスは歓声をあげた。みるみるバンのスピードが落ちていく。

野崎は窓を開け、後ろを見た。

「もう大丈夫だ。よくやった」

肩を叩こうと運転席へと手を伸ばすが、ドラムはすかさず避ける。それを見て、乃木と薫が笑った。

「近くの井戸に連れてってくれ。臭くてかなわん」

「わかりました」とアニメ声が答える。

「なあドラム、あの隠した警察のバン。誰に運転させたんだ?」

「あなたたちの情報を警察に売った歯が抜けたじじいね。もうガソリンがなくなる。そろそろ捕まるね」

　道端に停まったバンに薄ら笑いを浮かべながらチンギスが近づく。しかし、運転席の男を見た瞬間、みるみる怒りの表情へと変わった。

　チンギスは運転席からダバを引きずり出した。

「なんでお前が運転してるんだ」

「でかい男にジャインまで行けたら百ドルくれるって言われたんで」とダバは頭をかきながら愛想笑いを浮かべる。

「なんだと! じゃあ、金をもらうための連絡先を聞いてるんだろうな」

「……あ」

「バカ野郎!」とチンギスはダバの頭を叩く。

まんまと囮に引っかかったのだ。己の愚かさに歯噛みし、チンギスは唸った。

「クソッ！」

※

朝方、砂漠の中の小さな村にたどり着いた。そこにドラムが管理するいくつかの隠れ家の一つがあった。三人は風呂に入って汚れを落とし、人心地ついた。用意された遊牧民の民族衣装に着替えながら、今後は馬での移動になることを野崎がふたりに話す。クーダンまでのルートは限られている。警察は必ず検問を行っているはずだ。それをかいくぐるには道なき道を行くしかない。

了解したとうなずく薫に、「本当に大丈夫か？」と野崎が念を押す。

「私、ここに三年住んでるんですよ」

三人が家を出ると、馬四頭を引き連れたドラムの姿があった。

「一番賢い馬はどれだ」と野崎が訊ねる。

ドラムが黒鹿毛の一頭を指さす。

「乃木、それに乗れ」

「すみません」

日が高く昇らない午前中に砂漠を抜け、草原に入った頃には乃木の乗馬の腕前は格段に進歩していた。

「お前、全然乗れるじゃないか」と野崎が感心しきりという顔で声をかける。

「ありがとうございます。だいぶ思い出してきました」

日が沈み、視界が悪くなったところで三人は馬を降りた。斥候(せっこう)役のドラムはかなり先行させている。もうクーダンにたどり着いているかもしれない。

野崎はドラムからの情報を吟味して、クーダンに入るつもりだった。

適当な岩場を見つけ、今晩はそこで夜を明かすことにした。パンと干し肉の簡単な食事を終えると、毛布にくるまった薫はすぐに眠ってしまった。一日中馬に乗っていたからさすがに疲れたのだろう。

最初の見張り役を買って出た乃木は、一番大きな岩の上であぐらをかいている。

「二時間経ったら起こしてくれ。交代する」

野崎を見下ろし、乃木はうなずく。

「とうとう明日ですね」

「ドラムがいい知らせを持ってきてくれたら、いいんだがな」

「……」

翌朝早くドラムが戻ってきた。なぜか大きな銅鑼(どら)を背負っている。それを見て、野崎の顔が険しくなる。

馬を降りたドラムに野崎が訊ねる。

「そいつを持っているってことは、駄目か？」

ドラムはうなずき、三人にスマホをかかげた。

「クーダンの全入口、危険いっぱい警察いっぱい警察犬いっぱい。あなたたちの匂い嗅がせたよ。黄色いタオルの切れ端でね」

「黄色……」とつぶやき、薫はハッとなる。「モスクの枕カバーだ」

「超キケン！　超キケン！　一人ひとりにＩＤチェックやってたよ」

検問自体は覚悟していたが、そこまで厳重なものだとは……。

「これ、政府から全国民に送られてきた。たぶん、モスクに残した指紋で身元割れちゃったよ」

ドラムはスマホを操作し、送られてきた画像を表示させる。それは乃木の指名手配書だった。顔写真付きで賞金は十万ドルと記されている。

ドラムが写真をスライドさせると、今度は野崎と薫の写真が現れた。

「同行者で私と野崎さんまで……」と薫は絶句する。

「単なる爆破犯じゃここまでしない。あちらさんも同じ理由でお前さんを確保したいんだろう」

野崎の言葉に乃木は息を呑む。

「世界中を巻き込む大きな渦ってやつ？」と薫が野崎をうかがう。

「そうだ」

「一体なんなんですか！　その大きな渦って。いい加減教えてくれませんか⁉」

思わず声を荒らげる乃木に、野崎は言った。

「大使館に無事、着いたらな」

「……」

「ここからはお前を懸けてのバルカ、日本、両警察の戦いだ」

あまりの事の大きさに、乃木は黙ってしまう。すかさず、「十万ドルも懸けられてるよ」とドラムのアニメ声が口をはさんできた。

「バルカ国民には目が飛び出るほどの大金よ。みんな、血眼になって捜すよ。全員、警察と思ったほうがいいよ。もう時間が経てば経つほど負けちゃうね。大使館までは時間との勝負よ」

「そのとおりだ！」

ドラムはすぐに次の文章を打ち込みはじめる。

「でも、どうやってクーダンに？」と薫が野崎に訊ねる。

「ドラム」とうながし、野崎は馬のほうへと歩きはじめる。ドラムはちょっと待ってと左手を上げ、さらに高速で文字を打ち込む。

「あれと一緒に行くよ」

ドラムがスマホで指し示したほうを見ると、百メートルほど離れたところに羊とヤギの群れがあった。群れを引き連れてきた遊牧民たちの集団もいる。

「遊牧民？」

怪訝そうな乃木に、ドラムがうなずく。

「バルカの決まり。遊牧民はどこを通ってもお咎めなしね。あの人たち、スマホ持ってないよ。指名手配のことも知らないよ」

手綱を取り、馬と一緒に戻ってきた野崎が言った。

「すぐに出発だ。あの遊牧民にまぎれて検問を避け、クーダンに入る！」

本当にそんなことできるの……？

乃木と薫は顔を見合わせた。

※

羊とヤギの群れのなか、馬に乗った四人の姿がある。ほかの遊牧民たちと同じようにスカーフで口と鼻を覆い、目だけ出している。

クーダンの街が目の前に見えてきて、野崎はスマホを取り出した。回線がつながった途端、「野崎さん！」と大きな声が聞こえてきた。

公安部外事第四課の直属の部下、新庄浩太郎（しんじょうこうたろう）だ。

「一昨日からずっと連絡してたんですよ」

「悪かった」

「今どこですか⁉」

「遊牧民と一緒にクーダンの入口まで来ている」

「大丈夫ですか？　指名手配のことは？」

「わかってる。そんなことより、どうだ？　そっちは大騒ぎか？」

「ええ。もう大変ですよ。警察が日本大使館の正門前にバリケードを組んだんです。おかげで前の道がいつも以上の大渋滞ですよ」

「やっぱりな」

「今、近づくのはかなり危険です」

「わかった。とにかくお前は警備隊を連れて正門にいてくれ」

それだけ言うと、野崎は電話を切った。

前方に視線を移すと、草原とクーダンの街の境目に簡易ゲートが築かれている。複数の警官たちが検問に当たっているようだ。

一台のパトカーがゲート前に停車し、長髪の強面警官が降りてきた。あとから警察犬が続く。強面警官は黄色いタオルを犬の鼻面に差し出し、匂いを嗅がせている。

「あいつ……」

「名前はチンギス」とアニメ声が答える。「イスラムの町でも陣頭指揮を執ってたよ」

「相当できるな。こっちの作戦を読んでたか」

「チンギス、バルカ警察で一番優秀ね」

「……」

「どうするんですか？」と薫が黙ってしまった野崎をうかがう。

「このまま行く」

「匂いでバレますよ」

「逆にチャンスだ」

「ピンチでしょ！」と薫がツッコむ。

「合図したら、伏せて全速力で駆け抜けろ」

「？」

「ドラム」

ドラムがうなずき、ずっと背負い続けている銅鑼を見せる。

「銅鑼？」


遊牧民の一行がゲートに向かって進んでいく。ゲートの手前に立ったチンギスは、埃よけのスカーフを取らせ、一人ひとりの顔を確認していく。

遊牧民のあとに馬に乗った四人が続く。自分たちの順番が徐々に近づき、乃木と薫は不安になってくる。落ち着いて馬を進める野崎に、薫が小声で訊ねる。

「このまま行けば捕まっちゃいますよ。いいんですか？」

「……風だ。犬が気づく……」

野崎がボソッとつぶやいたとき、一陣の風が後方から吹いた。ボムは風の中に標的の匂いを嗅ぎ、馬上の四人に向かって吠えはじめる。

何ごとかとチンギスも視線を移した。

突然、野崎がスカーフを下ろし、顔をさらした。

「!?」

チンギスはすぐに気づき、口の中でつぶやく。

「……あの野郎」

野崎の行動に仰天し、薫が叫ぶ。

「なんで！」

しかし、野崎はまるで動じていない。落ち着いた声音で乃木をうながす。

「見せろ」

「え？」

「いいから見せてやれ！」

「……はい」

乃木もスカーフを外し、素顔をさらした。

「乃木!!」

目を血走らせ、チンギスが乃木を凝視する。

そのとき、野崎が鋭い声を発した。

「ドラム!!」

ドラムは手にした銅鑼を思い切り叩きだした。

ゴーン! ゴーン! ゴーン! ゴーン!

銅鑼の音が乾いた空気を震わせ、驚いた羊とヤギが逃げ惑うように暴走しはじめた。

ゲートの周辺は瞬く間に大混乱に陥った。

「ついて来い!」

野崎が馬の首につかまるように体勢を低くし、ゲートに向かって駆けだした。乃木と薫、ドラムがそれに続く。

「乃木だ。捕まえろ!」

チンギスの指示を受け、部下たちが暴走する家畜の群れに飛び込むも、すぐに奔流に巻き込まれていく。

いっぽう、馬たちはひるむことなくゲートを目指す。

パニック状態の群れをすり抜けるように四人は入口へと近づいていく。

このままでは突破される!

チンギスは拳銃を抜き、先頭を走る野崎に銃口を向けた。しかし、身を伏せているので狙いが定まらない。このまま撃つと馬に当たってしまう。

躊躇しているうちに馬群はどんどん迫ってくる。

チンギスは血がにじむほど強く唇を噛みしめ、銃を下ろした。

目の前を野崎が通過し、乃木が続く。

「ク――――」

怒りと悔しさで顔を真っ赤にしているチンギスを尻目に、四頭の馬たちは一気にゲートを抜け、クーダンの街へと入っていった。

手綱を懸命にしごきながら、薫はチラと後ろを見る。

「本当に撃ってこない」

「追いかけてもきません」と乃木も半信半疑で後方に目をやる。

ようやく落ち着きを取り戻した家畜たちに囲まれたチンギスが、鬼のような形相でこっちをにらんでいる。

「今パトカーで追いかけたら、ヤギたちを轢いちまうからな」

「でもなんで、わざわざ見つかりにいくようなことしたの！　どういうつもり!?」

納得できない薫に野崎が言った。

「今にわかる」

馬たちが街なかに消えると、チンギスは警察車両の無線に手を伸ばした。

「乃木たち発見！　シズナ草原の南側より、馬に乗って四名都市部に侵入！　周辺警備を固めろ！」


渋滞する車列の脇をすり抜けるように四頭の馬が道路を疾走していく。道行く人々は唖然と見送るが、スカーフで顔が隠れているので指名手配犯だとは気づかない。

それにしても、ここまでうまくいくとは……。

乃木は馬を駆りながら、クーダン手前でのみんなの会話を思い出す。

「クーダンは電車ないよ。公共交通機関はバスだけ。だから車だらけ。世界で有名な渋滞天国ね。クーダンに入ってから車で大使館に行くのは超キケン！　超キケン！」

ドラムの忠告を受け、薫が言った。

「じゃあ、バイク？」

「撃たれて、一発だ」と野崎は即却下。

「何かほかの手が？」

「このまま馬で行く」と野崎が乃木に答える。

「馬で？　クーダンの街なかを？」

「余計目立つし、馬が危ないし、かわいそう」

薫の言葉を聞き、乃木は野崎の考えに気づいた。

「かわいそう……たしかに、それはいい手かもしれませんね」

「どういうこと？」

「食べる以外に動物を傷つけてはいけない。バルカにはその考えが根本にあります。そういった習わしが徹底的に根づいているから、警察といえど馬に当たる可能性があるなら発砲してこないかも」

野崎は乃木にうなずいた。

「そのとおりだ」


あっという間に街を駆け抜け、四頭の馬は国会議事堂前広場にたどり着いた。常足に戻し、小気味のよい蹄鉄の音を響かせながら、野崎は新庄に電話をかける。

「正門前、動きはあったか？」

「野崎さん、何かされたんですか⁉　一般車両の通行まで制限されましたよ」

新庄の声は興奮でやや上ずっている。

「バリケードはどこからだ?」

「二百メートル手前からです。もう車の隙間からの侵入も不可能です」

「そうか! よーし」

「よーしって?」

「いいか新庄、俺らは間もなくそちらに着く。合図したら門を開けろ」

「合図って?」

「いればわかる」

電話を切ると、野崎は一同に大使館前の一般車両が通行止めになったことを報告した。

「それ、逆にヤバくないですか?」

心配する薫を無視し、ドラムに訊ねる。

「できたか?」

ドラムはちょっと待てという仕草でスマホを確認する。

広場を行き交う人々から好奇に満ちた視線を送られ、乃木が言った。

「あの……ここ目立ちませんか?」

「大丈夫だ」と野崎はまるで気にしていない。「警察は俺らが行けるところは大使館しかないと踏んでいる。向こうに集結して手ぐすね引いて待ってるさ」

それって、かなりマズいのでは……？

乃木と同じ心配をし、「はぁ」と薫がため息をつく。

確認を終えたドラムが言った。

「野崎さん、あと十分で完成するってよ」

「わかった。先導してくれ」

ドラムの馬が先頭に回り、駆けだした。三人はそのあとについていく。


ドラムが一同を連れてきたのは、とある自動車修理工場だった。広い敷地の一角に馬たちをつなぎ、薫がニンジンを食べさせている。

「怖い思いさせてごめんね」と優しく首筋を撫でる。

「あとで迎えに来させるからな」と野崎も意外な優しさを見せる。

と、クラクションが鳴り、三人は振り向いた。工場から廃車寸前と思われる古いダンプカーが現れた。前面には分厚い鉄板が据え付けられ、それはフロントガラスすらも覆っている。わずかに開いた小窓で視界を確保するようだ。

ダンプカーの脇に立ったドラムが言った。

「これでよろしいですか？　野崎さん」

野崎は防備のほどをチェックし、うなずく。

「OKだ」

嫌な予感に顔を曇らせる乃木と薫を振り向き、野崎が言った。

「中央突破だ」

「！」

※

運転席で野崎がハンドルを握り、ほかの三人は荷台にいる。荷台にはマットが敷かれ、さらに乃木と薫には衝撃対策としてロープが結わえられ、それをドラムが持っている。

交差点を曲がると正面に日本大使館が見える。真っすぐ延びた道には一台の車もおらず、いっぽうで対向車線は戻ってくる車で混雑していた。

大使館の正門前にバリケードが築かれ、四台のパトカーが道を封鎖していた。

状況を確認し、野崎はいったんダンプを停める。

どうやら警察はこっちの思惑どおりに動いてくれたようだ。

大使館前から市民を遠ざけるため、わざとチンギスに顔をさらした。俺たちがクーダンに入ったことを確認すれば、警察はすぐに大使館に駆け込むと予想する。慌てて一般車両を閉め出し、こうして誰にも邪魔されない一本道ができあがった。

これで市民を巻き込むのではないかという余計なことを考えずに、大使館に突っ込むことができる。一歩でも大使館に入れば、俺たちの勝ちだ。

助手席に置いたメガホンを手に取り、野崎は荷台の三人に声をかける。

「しっかりつかまってろよ」

ドラムがふたりを抱き寄せ、乃木と薫は歯を食いしばった。

野崎が思い切りアクセルを踏み込むと、タイヤを軋ませながらダンプはバリケードに向かって突っ込んでいく。

クラクションを鳴らしながら猛スピードで向かってくるダンプに、警官たちは騒然となる。騒ぎに気づいた新庄が門から出てきた。

警官たちは赤色灯を振って静止をうながすが、ダンプは少しも速度をゆるめない。身の危険を感じ、バリケード前の警官たちは逃げ出した。

行く手を阻むパトカー二台をダンプは弾き飛ばした。衝撃で車体が横に流れる。

バリケードの後ろで指揮を執っていたチンギスが思わずつぶやく。

「ウソだろ……」

すかさず新庄が門を守る警備隊に叫ぶ。

「門を開けろ！　開けて、待機だ」

すぐに警備隊は門を開け、ダンプが通れるようにする。大扉の下には境界線を示す白いラインが引いてある。これを越えれば治外法権だ。

その前に銃を手にしたチンギスが立ちはだかった。ダンプは体勢を立て直し、こちらに向かって走りだす。

「あの野郎、ふざけやがって。撃て！」

チンギスの放った銃弾はダンプの鉄板に弾かれる。チンギスに続き、部下たちもなりふり構わず銃撃を開始。

鉄板に銃弾が当たる恐ろしい音が響きわたり、乃木と薫は荷台で身をすくめる。

銃撃にも屈せず、ダンプに停まる気配はない。さすがにまずいとチンギスは叫んだ。

「下がれ！」

部下たちは一斉に逃げ出した。

警察隊が退散するのを見て、野崎は強くブレーキを踏んだ。同時にハンドブレーキを引き、ハンドルを思い切り左に切る。

後輪が滑り、ダンプが回転しはじめる。

「うわっ」

荷台の三人は突然かかったGに必死で耐える。

横向きになったダンプはパトカーに激突し、停まった。

一瞬の静寂のあと、野崎が叫んだ。

「降りろ。走れ――――！」

弾かれたように三人は立ち上がった。

「！」

チンギスがダンプに向かって駆けだす。慌てて部下たちがあとに続く。

運転席を出た野崎は、ダンプに食い込んだパトカーの屋根をつたって荷台へと移る。

野崎の助けを借りず乃木は荷台から飛び降りた。

「乃木だ！　乃木を押さえろ」とチンギスが叫ぶ。

「！」

鬼の形相でチンギスが駆けてくる。

野崎はドラムから薫を受けとり、荷台から降ろす。続いてドラムが飛び降りるが、着地に失敗。転倒したドラムを乃木が助けにいく。

ドラムを立たせて一緒に走りだしたとき、チンギスたちが迫ってきた。

野崎と薫はバリケートのパトカーに這い上がり、屋根を渡りながら境界線を目指す。そのあとをドラムと乃木も続く。

チンギスは乃木だけを標的に追いかけてくる。

先行していた野崎と薫が境界線に向かってジャンプした。新庄と警備隊が皆でふたりを受け止める。

続いてドラムが飛び降り、最後に乃木がジャンプした。しかし、チンギスの捨て身のタックルを受け、地面に転がされる。

上半身は境界線を越えているが、チンギスに無理やり引き戻される。もがく乃木に気づき、野崎が叫ぶ。

「乃木！」

ドラムが乃木の右手をつかみ、野崎が左手をつかむ。遅れて薫も加勢する。新庄と警備隊も引っ張り合いに加わった。

乃木の腰をつかんだまま、チンギスはずるずると境界線の向こうに引きずられていく。

慌てて部下たちがチンギスの足をつかみ、引っ張り返す。

自らの身体が綱代わりの命懸けの綱引きだ。

「もう少しだ！」と野崎が吠えた。「三、二、一で一気に引くぞ！　三、二」

このままでは一気に持っていかれるとチンギスが叫んだ。

「ボロルマー!!」

部下のボロルマーが野崎たちに向かって威嚇射撃する。

「離れろ」

すかさず新庄が叫んだ。

「警備隊！」

警備隊がライフルを一斉に構える。

いっぽう、警察で銃を手にしているのはボロルマーだけ。勝ち目はないと悟り、警察隊の手から力が抜ける。

「今だ。引け！」

野崎が力を込めた瞬間、乃木の身体は一気に境界線を越えた。勢いあまってチンギスも引きずり込まれる。

緊張がほどけ、辺りは静寂に包まれる。

あおむけに地面に転がるチンギスを見下ろし、野崎は言った。

「お前、どこで寝てんだ」

ゆっくりと身を起こすチンギスに向かって、野崎は足を踏み下ろした。

「ここは我が領土。日本国だ！」

チンギスがガンをつけるように野崎に顔を寄せる。

「ゆえに治外法権が適用される。さあ、出ていけ！」

鼻を鳴らし、チンギスは顔をそむけた。振り向きざまに乃木をにらみつけると、わざとらしく境界線をまたぎ、大使館の敷地を出た。

「閉めろ！」

苦々しく唇を噛むチンギスの目の前で、ゆっくりとゲートが閉まっていく。

※

野崎、薫、乃木の三人が大使館の警備室前のソファで泥のように眠っている。

乃木はまた悪夢の中にいた。

狭い部屋に閉じ込められ、髭面の男に何度も何度も殴られる。

ハッとまぶたを開けると、目の前に異人の顔があった。

「わっ」

野崎だった。

「乃木憂助、話がある」

「！……僕もです」

ふたりは三階へと移動する。テラスに出ながら、乃木が訊ねた。

「世界中を巻き込む大きな渦とはどういうことなんですか？　ここは大使館、ふたりきりです。話してくだ――」

そこまで言って乃木は口を閉じた。ふたりきりではなかった。テラスには警備隊が陣取り、門の外に機関銃を向けていた。バルカ警察はまだ引き揚げていなかったのだ。

野崎が警備隊員ふたりに言った。「下がっていいぞ」

ふたりは機関銃から離れ、テラスを出ていく。

「さあ、教えてください。野崎さん」

「それは俺の質問に答えてからだ」

「……」

「まずはザイール。俺たち公安でさえ居場所を突き止めるには長い時間を要した。なのに、どうやって突き止めた」

「それは……」

口ごもる乃木に、野崎が言った。

「クーダンイーストホテル七〇七号室で電話していた相手に聞いたんだろ？」

「！　どうして？」

「国会議事堂前広場で男にぶつかっただろ。あれ、ドラムだ。あのときにお前の鞄にドラムが盗聴器をつけた」

「ええっ⁉」

ドラムが乃木の鞄を持ってやってきた。野崎がそれを受け取り、言った。

「タクシーの親父から取り戻しといてやったぞ」

「あ、ありがとうございます。でも、どうやって」

野崎は鞄に仕掛けた盗聴器を外し、乃木に見せる。

「こいつにはGPSもついてるからな。お前を追いかけようとしてたのに、鞄盗まれてんじゃねーよ。まったく」

「すみません……でもあの、なんで僕なんかを」

「日本から来た商社マンがザイールに接触しようとしているという情報が入った。仲間じゃないかと疑うのは当然だろう」

「そんな」

「だが、盗聴してお前がそうじゃないことはすぐにわかった。お前が普通の商社マンじゃないこともな」

「……」

「誰もいない部屋でブツブツと独り言をつぶやいたかと思えば、たった一本の電話でザイールの居場所を突き止めた……お前、なんなんだ」

「なんなんだって言われましても……あのザイールって人こそなんなんですか⁉ 野崎さんはどうしてザイールをマークしていたんですか？ ザイールのこと、教えてください。なんとしてもお金を取り戻さないと」

真意を探るように野崎はじっと乃木を見つめる。

「特別に一つだけ教えてやろう。だからお前も協力しろ」

「……はい」

「奴は新手のテロ組織の一員だ。それも幹部のひとりと言われている」

「テロ……世界中を巻き込む大きな渦とは、その組織のことなんですね」

野崎はうなずき、乃木をうながす。

「さあ、教えてくれ。電話の相手は誰だ」

「ＣＩＡです」

野崎は大きな目を見開いた。

「ＣＩＡ⁉」

「高校のときからの親友がＣＩＡにいるんです」

「バカ言ってんじゃねえ。そんな個人的なことで動くか！」

「いいえ。ちょうど彼らもあの周辺の情報を集めていて、僕の情報が役に立ったみたいで……」

「……そういうことか」

乃木は野崎にうなずいた。

「もう一つ」

「はい」

「アマン建設。俺はザイールの執務用ゲルに隠れて、お前が来るのを待っていた。が、銃声が聞こえて、あの大きなゲルに向かった。ちょうど着いたとき、ザイールはお前に小声で何か言ったろ？」

「え？」

「うまく聞き取れなかったんだが、たしかビーパンとかなんか」

「ああ……ヴィヴァン、じゃないですか？」

「パンではなくヴァンか」

「はい。たぶんヴィヴァンかと」

「ヴィヴァン？」

乃木は野崎にうなずいた。

「それはなんだ？　この国の言葉か？」

「僕にもわかんないですよ。違うって言ったけど、聞いてもらえなくて」

「ヴィヴァン……」


目を覚ました薫も交え、三人は『ヴィヴァン』という言葉について考える。その語感からフランス語ではないかと言ったのは薫だ。

「フランス語？」と野崎が訊き返す。

「たしか『生き生きとした』とかそんな意味で」

薫は応接室のテーブルに置かれたメモに『VIVANT』と書く。すぐに乃木がスマホで検索する。

「ほかにも『活気のある』『にぎやかな』っていう意味もあるみたいですよ」

「ザイールはお前を『活気のあるにぎやかな男』と思って自爆したのか？」

「え？」

野崎の冷たい視線を、乃木は愛想笑いで受け流す。

「ザイールの立場から考えてみろ。奴はお前が『ＶＩＶＡＮＴ』と確信し、そして観念した。だから自分の命と引き換えにしてまでお前を殺そうとした」

「そ、そ、そんな思い違いをされても……」

どういうことなの？……と薫はふたりを交互に見つめる。

野崎は薫が書いた『ＶＩＶＡＮＴ』の文字に視線を移し、言った。

「ヴィヴァン……必ず違う意味があるはずだ。ＶＩＶＡＮＴ……ＶＩＶＡＮＴ……」

それからしばらく考えたり調べたりしたが、謎の言葉の意味はわからなかった。

※

真っすぐな地平線にオレンジのような夕陽が沈んでいく。黄金色の草原を一頭の馬が風を切って駆けている。険しい表情で馬を駆っていた男が、馬にまたがる人影を彼方に認め、ゆっくりと近づく。

「父さん」

ノコルの声にノゴーン・ベキは振り向いた。

「悲しい知らせがあります」

顔に刻まれた深いしわが影を濃くした。

「アディエルが……あの爆破事故に巻き込まれて亡くなりました」

「！」

「……」

「ジャミーンは？」

「大丈夫です。怪我をしましたが、今は病院に……」

やるせない思いがため息となり、ベキの口から漏れた。

「また、ひとりにさせてしまったな」

「……」

「退院したら、我々で面倒を見る」

「はい」

沈みゆく夕陽に目をやり、ベキはつぶやく。

「悲しいことばかり起こるな。この大地は……」

馬とともに佇む親子の影が、バルカの草原に伸びていく。

2

大使館の警備室、野崎が乃木と薫に常備されている武器の説明をしている。さすが紛争の絶えない国の大使館だけあって備えは完璧だ。拳銃やライフルだけではなく機関銃までそろっている。と、隅で監視カメラ映像をチェックしていた新庄が野崎に声をかけた。

「政府の公用車です」

「そんな予定あったか?」と野崎はモニターに視線を移す。正面玄関に黒塗りの高級車が横づけされている。ボンネットの前にはバルカの国旗がはためいている。

「いえ」

「アポなしで来たんですか?」と警戒心をあらわに乃木が訊ねる。

「はい」

「誰だ?」

「あれは……」とナンバーを確認し、新庄が答える。「外務大臣です」

「外務大臣!」

「なんでわかるんですか？」と薫が訊ねる。

「バルカ政府の公用車ナンバーはすべて把握しています。公安として当然です」

「げっ」と薫は嘆息した。「あなたもスパイだったの？」

「そんなことより、外務大臣が来たのはまずいですよ」

「まずいって？」

　薫の問いに野崎が答える。

「相当ヤバいってことだ。お前らふたり」

　薫と乃木は顔を見合わせた。

「最後の砦は日本大使だ」

「野崎さん！」

　新庄の声に、三人はモニターへと視線を移す。新庄が機器を操作し、分割されていた画面を一つにする。大画面に公用車から出てくる男が映し出される。ズームされた男の顔を見て、乃木がつぶやく。

「チンギス」

「しつこいよ！　あいつ」

　薫は忌々しげに舌打ちした。

執務室に招き入れたワニズ外務大臣とチンギスを、日本大使の西岡英子（にしおかえいこ）が応接セットへとうながす。英子のかたわらには秘書のナジュムが控え、ワニズとチンギスの間に通訳が座った。

「私どもの情報だと爆発現場で生き延びた警察官が一名いらっしゃると聞いています。お話を聞かれてはいかがですか？」

バルカ側の主張をひと通り聞いたあと、英子はそう切り返した。チンギスは口を曲げ、答える。

「まだ口が利ける状態じゃないんでね」

「何度も申し上げますが、状況証拠だけでは話になりません」

「なんですと」

英子はワニズへと顔を向け、念を押すように言った。

「バルカは法治国家ですよね？」

「もちろん」

「ならば私どもが申していることは理解していただけるはずです」

廊下では乃木たちが扉越しに聞こえてくる会談の行方に耳を澄ませている。英子の強気な発言は続く。

「当国は有罪が立証できる確固たる証拠がないかぎり、引き渡しには応じません！」

「頼もし〜」と薫の顔がわずかにゆるむ。

「まあ、落ち着いて」とワニズがなだめる。「駐在国の方針に協力するべきあなたが、協力どころか非常に対立的だ。このまま事が進むと二国間に緊張が走り、あなたのキャリアに傷がつくのでは？」

痛いところを突かれ、英子が口を閉じた。様子をうかがいながら、ワニズが言った。

「わかりました。では、こういう方法はどうでしょう。乃木憂助と柚木薫をいったん、こちらに預からせていただけませんか？　事情聴取をするだけです。もちろん逮捕はいたしません。すぐにお返しします」

扉の外で乃木と薫が「え！」と声を漏らす。

「ウソだ」と新庄がふたりにささやく。「引き渡されたら最後です」

薫は胸の前で手を組んだ。「大使……」

「どうです？　ご自身の立場をよーくお考えください」

乃木たちは息を呑んで英子の答えを待つ。

しばしの沈黙のあと、英子は口を開いた。

「今の状況で我が国の国民の身柄をお渡しすることは断じてありません！」

薫は胸を撫でおろした。

扉が開き、チンギスが出てきた。廊下に立つ乃木たちに気づき、怒りをあらわににらみつけてくる。続いてワニズと英子が出てきた。英子に送り出され、チンギスとワニズが廊下を去っていく。

ふたりの姿が消えると、薫は英子に駆け寄った。

「ありがとうございました！」

「当然のことをしたまでです」

「しかし、これで引き下がるような奴らじゃ」

つぶやく新庄に英子がうなずく。

「……だと思います」

警備室に戻った一同が窓から外の様子をうかがっている。大使館を取り囲む警察隊の数は倍くらいに増えていた。

「この人たち、くどすぎ！」と薫が吐き捨てる。

「こりゃ下手すりゃ半年は出れねえぞ」

野崎の言葉に、「半年⁉」と薫は目を見張った。

「それは困ります！」と乃木も青くなる。「一か月以内に九千万ドル取り返さなきゃいけないのに……」

「九千万ドル⁉」と薫。今度は目を丸くしている。

「誤送金ってそんな大金だったか……」

額を聞いた野崎のなかに、ある推測が浮かび上がる。

「はい」と乃木は野崎にうなずいた。「一千万ドルの振り込みのはずが、何をどう間違えたのか一億ドルに……」

「一億ドルって……百四十億円」と薫の声が裏返る。

話を聞いていたナジュムが寄ってきた。

「大丈夫ですか？　乃木ちゃん。バルカなら絶対退職金ナシ、一〇〇パー、クビよ！」

「だから俺のミスじゃねえって言ってんだろ！」

豹変した乃木に、一同はポカンとなる。

このバカ！　いきなり入ってくんな！

心の中でFを怒鳴りつけ、乃木は慌ててとりつくろう。

「あ、あ、あ……すみません……でも、本当に金額が一千万ドルに間違いないことを二度確認して、送金したんです」

「だったら、そう説明すればいいんじゃ……？」

「説明しました！」と乃木は食い気味に薫に返す。「でも、僕がこっちに来てる間に監査の人たちが――」

「もういい」と野崎がさえぎった。「それ、詳しく話を聞かせろ」

「え？」

「俺の部屋で」

そう言って、野崎は歩きだす。乃木と一緒に薫もついていこうとするが、すぐに野崎に止められた。

「お前はここにいろ」

「えー」

「捜査上の秘密が漏れたらまずい」

「私、口堅いです」

野崎は鼻で笑った。

「！」

「新庄は例の進捗状況を」

「はい」

野崎の部屋でふたりきりになると、乃木はタブレットのデータを見せながら今までの経緯を説明した。

「大体の流れはわかった。丸菱くらいの商社なら大口の送金は常時行われているよな」

「はい」

「当日、ほかに誤送金はなかったのか？」

「ありません」

「お前の送金だけが狙われた？」

「たぶん」

「その日、送金予定があることを知っていた奴はどれだけいる？」

「えーっと……」と乃木は記憶をたどる。「まずは水上君……宇佐美部長……」

「もういい」と野崎がさえぎった。「そいつらの詳しい経歴を出せ」

「え？」

「丸菱の社内システムに人事名簿かなんかあんだろ⁉」

「……はい」

乃木がタブレットに呼び出した送金予定を知る関係者のプロフィールがプロジェクターで白壁に映し出される。それを野崎に見せながら乃木が説明していく。

「一人目は部下の水上君、二人目は直属の上司の宇佐美部長、続いてプロジェクトの総責任者の長野専務、四人目は経理の原部長、五人目は直接振り込みを行った財務の太田さん、それと取引先のGFL社アリ社長……この六人だけです」

野崎はそれぞれの顔写真をしばし見つめ、言った。

「日本に帰るぞ」

「え?……いや、僕はこっちでお金を取り戻さないと……」

「この状況でできると思ってんのか?」

「でも、このまま帰ったら責任を押しつけられてクビに……」

乃木は野崎に鋭い目でねめつけられ、思わずあとずさる。壁際まで追いつめられ、壁ドン状態になる。

「この中にお前をハメて罪をなすりつけた奴がいる!」

「!……皆さんよく知ってますけど、そんな人たちではないと思いますが……」

「こういうのはな、驚くほど近い人間がやったりするもんなんだ」

「……」

野崎は乃木のタブレットを奪うとアリに×印をつけ、丸菱の五人にチェックを入れる。

「アリには送金前の操作は不可能だ。実際に送金額を修正できたのは五人。この中のひとりがお前をハメたんだ。そいつを見つければ、金は返ってこなくともお前は罪に問われない。違うか？」

「……それが事実だったら、そうですが……」

野崎は乃木に顔を寄せ、その目をじっと見つめる。

「乃木憂助……俺と共同戦線を張れ」

「え？」

「公安の全勢力を注いで、そいつを見つけ出してやる。そのためには会社の内部を知るお前の協力が必要だ」

「僕の後ろに警察がつくということですか？」

「そうだ」

「それはめっちゃ心強いですけど、どうして一民間企業の誤送金問題にそこまで……」

「俺と組むなら教えてやる」

「またですか」

「それ以外に生きる道があるか！」

日本人離れした目力で、野崎が押してくる。もし嫌だと言ったら、大使館から放り出されそうだ。

「やります！　やります！　絶対組みます！」

野崎は右手を差し出した。

「でも……」と乃木が野崎をうかがう。「そもそもこの国からどうやって抜け出すんですか？　すぐには無理でしょう」

ニヤッと笑い、野崎は乃木の手を強く握った。

「任せておけ」

「……はあ」


乃木に協力を取りつけると、野崎はさっそく説明を始める。

「GFL社のアリを通じて、金は自爆テロを起こしたザイールの手に渡った。そのザイールの裏には昨日話した組織がある。そいつらが巨額の金を手に入れるため、この五人の中にいるモニターを使って、誤送金を起こさせたんだ」

「モニター？」

「ドラマや映画ではスリーパーとか言われてる奴だよ」

「スリーパー?」

「ったく」と野崎は舌打ちする。「いいか?　自分の国に不満を持ってるような西側の若者が、ISやアルカイダみたいな過激派組織にハマっていく現象が一時期ニュースで話題になってたろ?」

「ああ、ありましたね」

「そいつらが徐々に洗脳され、中東から遠く離れた自国で組織のために活動する。そんな奴らのことを俺らの世界ではモニターと呼ぶんだ」

「でも、そんな人間がうちの会社に?」

「俺が追ってきたあのザイールの組織とJAPANが関係しているという情報は入っていた」

「え!　それは日本人が関係しているってことですか?」

「いや、はっきりとはわかっていない」

「ちなみに、そういった情報はどこから手に入れるんですか?」

「CIAやモサド、あとはヨーロッパ各国の諜報機関だ」

「特殊ルートってことですね」

「なんだ、やけに聞いてくるな」

「だって、そりゃ気になるじゃないですか」

「奴らの犯行映像がある」

野崎はノートパソコンをプロジェクターにつなぎ、資料映像を映し出す。

「これ、見たことあります、ニュースで。謎の組織って言ってましたけど」

「奴らは世界の諜報機関から『テント』と呼ばれている」

「テント……世界中を巻き込む大きな渦とは、この『テント』のことだったんですか？」

「そうだ」と野崎はうなずいた。「だが、この『テント』は普通じゃない。犯行後に残すのはこのマークだけ」

テロ現場に残されたマーク――円の中に六角形が描かれている――を野崎が示す。

「マークだけ？」

「一般的なテロってのは犯行後に声明を出し、自分たちの主張や要求を社会に誇示するだろ？　だが、『テント』からはそういった声明は一度も出されていない。思想や信念が見えないんだ」

「信念が、見えない？」

「だから、標的になるのも西側諸国、アジア、中東とさまざまだ。はっきり言ってメチヤクチャで得体の知れない組織なんだ」

「得体の知れない……」

オウム返しを繰り返し考え込む乃木を、「なんだ?」と野崎がうながす。

「いえ。でもニュースではこんなマーク見たことなかったですけど」

「模倣犯を阻止するため、諜報機関がマスコミには出していないからだ」

ノックの音がして、野崎はドアのほうを振り向いた。

「入れ」

「失礼します」と新庄が入ってきた。

「なんか引っかかったか?」

「いや」と小さく首を振り、新庄は言った。「解析班による途中経過の映像が来ました」

「見せてくれ」

新庄は気にするようにチラと乃木に目をやる。

警察関係者ではない乃木もいる状況で当然である。

「大丈夫だ」と野崎は答える。

「はい」

新庄はタブレットに解析班の検索映像を呼び出す。

「『ヴィヴァン』について類似可能性のあるスペルから中国、韓国、インド、ヘブライなどあらゆる言語に置き換え、さまざまな方式を用いて暗号検索を行いましたが」

「駄目か？」

「……はい」

「あっちは？」

「過去三十年、各国諜報機関で交わされた文章に『ＶＩＶＡＮＴ』が使用された形跡はありませんでした」

失望のため息をつく野崎に新庄が付け足す。

「引き続き別の可能性も調べさせます」

「ああ、頼む」

一礼し、新庄は部屋を出ていった。

「一体なんなんだろうな。ヴィヴァンってのは」

「……はあ」

野崎は伸びをすると、「あ～！」と雄叫びをあげた。

驚く乃木を振り向き、言った。

「腹へったな。なあ？」

「そう言われるとたしかに……」

「何が食いたい？」

「え？」

「いいから。食いたいもん言ってみろ」

「でも……」

「日本にいると思って。なんでもいいから」

「じゃあ……無理だと思いますが……お赤飯が食べたいなあ……」

「赤飯？」

※

与えられた部屋に戻った乃木は鞄から二枚の写真を取り出した。古い一枚は結婚式の一場面のような若い男女カップルを中心とした集合写真だ。

かたわらのベッドに寝そべりじっと見つめていると、頭の奥に痛みが走った。

『また見てんのか？』

声に気づき、ドアのほうを見るとFが立っていた。

『しかし、よかったな。写真戻ってきて』

「本当だよ」

『でもよー、野崎の野郎も見たってことか』

「まあ警察だからね。鞄の中はすべてチェックしたんじゃない？」

『気をつけろよ、野崎には』

「……どういう意味？」

『お前、気づかないの？』と椅子に座ったFがあきれたような声を出す。

「なに？」と体を起こす乃木に、ニヤニヤ笑いを浮かべ、Fは言った。

『あいつのお前を見るまなざし、感じねえ？』

「え！」

『お前に気があるんじゃねえか？』

「は⁉　なに言ってんだよ。ないない。おかしなこと言うなよ！」

『そうか？　普通、男に壁ドンするか？』

壁際で間近に迫ってきた野崎の濃い顔を思い出し、乃木はぶるっと身を震わせた。

その日の晩餐は、英子から貴賓室に招かれた。テーブルには和食が並び、「すごーい」

と薫が歓声をあげる。とりわけ目を引くのは、大きなお重に詰められた赤飯だ。

「これ、全部野崎さんの手作り」

英子の言葉に、薫が驚きのまなざしを野崎に向ける。

「赤飯以外はすべて、バルカの食材で作られたんです」と新庄が説明する。

「へー」

薄い小豆色に染まった赤飯を乃木は感慨深く見つめている。

「完璧な色、匂い……『とらや』のお赤飯みたいだ」

「わかってるね〜」

相好を崩す野崎を、「着色料とか入れたんじゃないの〜？」と薫が茶化す。

「てめー」

「このお赤飯は八時間近くかけて作ったんですよ」

英子の言葉に、「八時間⁉　気が遠くなりそう」と薫は目を丸くする。

「この色はどうやって？」

興味津々で乃木が野崎に訊ねる。

「お前、料理するのか？」

「簡単なものだけですけど。でもお赤飯は大好物で、何度も挑戦したんですけど到底こんな色出せなくて……」

「赤飯はな……奥が深いんだ。日本に帰ったら教えてやるよ」

「ありがとうございます。ではさっそく」と乃木が赤飯を碗によそう。

「いいですよね～、料理ができる男」

乃木の驚きの声が、薫をさえぎった。

「うまい……うまい！　おかずなんていらない。これだけでいけます」

思わず野崎の顔がほころぶ。

「ホントに～？　ちょっと大げさじゃないですか？」

「本当ですって。香りも素晴らしいです」と乃木が薫に太鼓判を押す。

そこまで言うならと薫も赤飯に箸を伸ばした。

「げっ、マジ」

ひと口食べ、薫はつぶやき、そしてしばし沈黙する。

「文句でもあんのか？」

にらみつけようとした野崎はハッとした。薫の目に涙が浮かんでいたのだ。

「……懐かしい……本物」

薫の気持ちはすぐに皆に伝わった。

「僕はまだここに来て一週間ぐらいですが、薫さんは三年近くもいるんですもんね」

しみじみと乃木に言われ、薫は小さくうなずいた。

「この国の人のために、ここの料理を食べて、ここの言葉を覚えて、日本人であることを忘れて頑張ってきたけど……ダメね、食べ物は。自分は日本人だとつくづく思い知っちゃう」

惜しむように赤飯を噛みしめる薫に、野崎が訊ねる。

「お前はこれからどうするんだ？」

「？」と薫が涙ぐんだ顔を上げた。

「俺とこいつは帰ることにした」

「……帰るったって、帰れないでしょ？」

「脱出方法は大使と話がついている」

「そうなんですか？」と薫が英子をうかがう。英子は薫にうなずいた。

「どうする？　お前も帰るか？」

ためらう薫に乃木が言った。

「一緒に行きましょう。ここはいつ危険な状況になってもおかしくありません」

薫は小さく首を振った。

「ジャミーンを置いて私だけ日本に帰るなんてできない……」

「なんだ、そのジャ、ジャーミンってのは？」

「ジャミーン。私が派遣されてきてから、ずっと診てきた女の子」

「僕を救ってくれた子です」と乃木が付け足す。

「ジャミーンはファロー四徴症っていう難病で……」

「なんだそれ？」

「簡単に言えば、心臓の形が普通の人と違ってて、早く手術しないといつ何が起こってもおかしくない状態なの」

「お前がそばにいたらどうにかなるのか？」

「この国じゃ設備がないので手術できない。でも、来月日本に連れて帰って手術をする予定だったの。申請も済ませてた」

そんな難病だったのか……。

乃木ははにかむようなジャミーンの笑顔を思い出し、胸が詰まる。

「アディエルとも約束した……ジャミーンは私が日本に連れて帰る」

「それは不可能だ」と野崎は難しい顔を薫に向けた。「病院に戻る前に警察に捕まって、終わりだ」

「ジャミーンにはもう私しかいないの！」

　薫の強い思いに乃木は圧倒される。

「だったら好きにしろ」と野崎は突き放す。

「！」

　怒りに目を剥く薫の肩に、英子がそっと手を置いた。

「日本での手術の手配はもう済んでいらっしゃるんですよね？」

「はい……病院に行けば、申請書類や資料は……」

「私が責任を持って日本にお送りいたします」

「え……」

「ご自身の手で確実に日本までお連れしたい、その気持ちはよくわかります。ですが、今は誰かに頼ることも必要です」

「……」

「そのとおり！」と野崎がテーブルを叩いた。「……です」

　無礼を大使に詫び、野崎は薫に言った。

「あの病院にはほかにも世界医療機構の仲間がいるだろ？　そいつらが主導して、ジャミーンを日本に送り届けてもらえばいいんだ。そうすれば、大使のお手をわずらわせなくても済む」

迷う薫の背中を乃木も押す。

「薫さんの仲間たちなら、きっとうまくやってくれますよ」

しばし考え、薫は口を開いた。

「……たしかに……そうですね」


食事を終えた乃木、野崎、薫、新庄が廊下を歩いている。

「野崎さん、大使と決めた脱出方法というのは?」

乃木に問われ、「知りたいか?」と野崎がいたずらっぽく微笑む。

「はい」

「まだ言えねえ」

「は?」と薫が顔をしかめる。

「スタッフに警察との内通者がいてもおかしくない。念のためだ」

階段の下、二階の警備室前広間ではナジュムが警備隊を集め、何やら熱心に打ち合わせをしている。その様子を見ながら薫が新庄に訊ねた。

「明日、何かあるんですか?」

「現地企業のお偉方との交流会があるんです」

「こんななかでやるのも大変ですね」と乃木が申し訳なさそうに言った。「迷惑かけちゃいましたね」

ナジュムは館内案内図を使って配置の確認をしている。

「エスコートの任務についていないものは警備をやってもらいたい。ここはドルジ。ここはカーザ。そして、ヴィカァンは全入口に警備員を配備する。それと明日はお客様のヴィカァン立ち入りは禁止する」

ナジュムの言葉の何かが引っかかり、野崎は足を止めた。

ざわつく一同にナジュムが続ける。「当然だろ。警察に引き渡し要求されている日本人三人がヴィカァンにいるんだ。揉め事があっても困る。とにかく明日は――」

「ナジュム」と野崎が階段の上から声をかける。「今なんて言った?」

「ん? 警備の指示、しただけですよ」

「そうじゃないよ! 立ち入り禁止のところだ。もう一回言ってみてくれ。モンゴル語でさっきと同じように」

「ん……明日はお客様のヴィカァン立ち入りは禁止する」

「それだ! その、ヴィカ、ヴィカァン? それ、なんだ?」

「ヴィカァン？　ここのこと」

「ここ？」

一同は階段を下りて、ナジュムのもとへと集まった。ナジュムが館内案内図を皆に示す。見取り図には漢字とローマ字で本館（HONKAN）と別館（BEKKAN）と記されている。

「大使館、ホンカンとヴィカァンあるからね」

「……そうか……」と野崎はひとりうなずいた。

「それがどうかしたんですか？」と新庄が訊ねる。

「似てるんだよ」

「あ！」と薫が声をあげた。「例の言葉！　ヴィヴァンに似てる」

「ああ。ここの人は別館のことを『ヴィカァン』と発音してしまうのか」

「そうよ」とナジュムが野崎にうなずく。

野崎は乃木に顔を向けた。「お前が聞いたのも、日本語の何かの単語をこちらの発音で言ったのかもしれない」

「はい」と乃木が神妙にうなずく。

「可能性はありますね」と新庄も顔を輝かせた。

野崎は打ち合わせに使っていたホワイトボードに身体を向け、フェルトペンで何やら書きはじめる。

『ヴィカァン↓ＢＥＫＫＡＮ』

「ヴィカァンが別館だとすると……ヴィヴァンは……」

『ヴィヴァン↓ＢＥＢＢＡＮ』

野崎はホワイトボードに書いたＢＥＢＢＡＮの文字を指さし、警備隊一同に言った。

「これを読んでみてくれ」

「ヴィヴァン」と一同は声をそろえた。

「よしっ」と野崎が拳を握る。

「でも、こんな日本語あります？」と薫が異議を唱える。

「僕もめっちゃ日本語勉強しましたけど、聞いたことありません」とナジュムも薫に同意を示す。「どっかの地名かねー」

「地名か」

乃木がスマホを取り出し、調べはじめる。

にらみつけるように『ＢＥＢＢＡＮ』の文字を見ていた野崎の目つきが変わった。二つ続く『Ｂ』の下の部分を消して『Ｐ』に変える。

ボードに浮かび上がった『BEPPAN』の文字を指さし、警備隊一同をうながす。

「ヴィパァン」

それを聞き、ナジュムが言った。

「これ、日本人にヴィヴァンって聞こえてもおかしくないよ」

「！」

「でも、これまたなんです？　ヴィパァンって」

首をひねる薫に野崎が言った。

「ローマ字で読んでみろ」

「べ、べッ？」

「ベッパン」と乃木が答える。

「そうだ」

野崎は『BEPPAN』の下に『別班』と書く。

「ベッパン……別の班、別のグループ。意味はわかるけど、だから何って感じですけど」と薫はいまいちピンとこない。

しかし、野崎の表情は明らかに変わっている。

乃木をにらみ、つぶやく。

「お前が……『別班』⁉」

「え？」

野崎は新庄と顔を見合わせた。

「いや、まさかな……」

「？」

野崎は新庄を連れ、足早に廊下を去っていく。

そんなふたりを乃木と薫はキョトンと見送った。

※

乃木の部屋で薫が包帯を取り換えている。新しい包帯を巻き終え、薫は乃木の左腕をギュッと握った。

「痛っ」

顔をしかめる乃木をじっと見つめる。

「お前が……『別班』⁉」

「え？」

「いや、まさかな……」

ふいのモノマネに乃木は噴き出した。

「『別班』ってなんなんですかね」

「いやぁ、何がなんだか……」と困惑気味に乃木が返す。

「警察の人が言うってことは、なんか重大な専門用語なんですかね」

と、ドアがノックされ、「いいか?」と野崎の声がした。

「はい!」

部屋に入ってきた野崎は薫の姿を見て、言った。

「一緒だったか。ちょうどよかった」

「?」

「明日九時、計画を発表。十時決行だ」

「!……」


翌朝九時、執務室に一同は顔をそろえた。もちろん、英子とナジュムの姿もある。野崎は真剣な面持ちの乃木と薫に向かって口を開いた。

「まず、ここから出るには非常時用のトンネルを使用する」

「トンネル⁉」

思ってもみなかった脱出ルートに薫が大きな声をあげた。乃木の顔にも不安がよぎる。

そんなふたりに英子が説明する。

「一九九六年にペルーで大使館が武装グループに占拠されたことがありましたでしょ。その教訓で、危険地域の大使館には逃走用のトンネルが設置されるようになったんです」

「でも、警察がこのトンネルのこと――」

「そこは心配ない」と野崎が乃木をさえぎった。「一年ここにいた俺でも知らなかったからな」

乃木と薫は少し安堵する。

英子がナジュムに指示し、大使館近辺の地図をテーブルに広げさせる。

「この別館に地下トンネルの入口があります。トンネルを約一キロ進むと、ここにある納屋に出ます」

英子が示したのは大使館から二ブロックほど北に進んだ地点だった。

「一キロだと普通に歩いて二十分ぐらいですね」

乃木が言うと、「いや」と野崎が首を振る。「トンネルの中だ。三十分はかかるだろう」

英子はさらに上へと指をスライドさせる。

「この納屋から北に十分ほど歩いていただくと廃墟があります。そこに案内役の人間を用意しています」

「案内人はトンネル出口の納屋のことは？」

野崎の問いに英子は首を横に振った。「このトンネルは国家機密です。ご安心ください。そこから皆さんのボディーガードとなり、隣国ロシアとの国境までお連れします」

「ロシア……」

やや不安げにつぶやく乃木に、英子が言った。

「無事に国境までたどり着ければ、あとは大丈夫かと」

英子の説明が終わり、ナジュムがロシアに渡る際に使うパスポートとビザを三人に渡していく。

午前十時。英子を先頭に、野崎、乃木、薫が人けのない廊下を進んでいく。街に出てもバルカの人たちに紛れられるように、三人は現地の衣装に着替えている。もともとバルカ人と日本人の顔つきは似ており、日本人離れした野崎が最も怪しく見える。

突き当たりの手前で英子は立ち止まり、慎重に周囲をうかがう。誰にも見られていないことを確認し、英子は隅のペルシャ絨毯をまくり上げた。

跳ね上げ式の扉が姿を現し、「こんなところに……」と乃木がつぶやく。

ナジュムが扉を開けると、トンネルへと続く梯子が見えた。先が暗く、どのくらいの深さなのかはよくわからない。

英子があらためて三人に言った。

「私どもが案内できるのはここまでです」

三人は英子とナジュムと握手し、別れを惜しむ。

英子の手を握りながら、「ジャミーンのこと、お願いします」と薫が頭を下げる。

「お任せください」

微笑む英子に野崎が言った。

「音を出さずに行くので三十分以上かかるかもです」

「はい。そう連絡しておきます。道中お気をつけて」

野崎を先頭に、三人は暗い地下へと潜っていく。しんがりの乃木の姿が見えなくなったところで、ナジュムは扉を閉じた。

三メートルほど梯子を降りるとトンネルの床に足がついた。すぐに乃木は懐中電灯のスイッチを入れる。闇の中に明かりが灯り、自然に安堵の息が漏れる。

薫が自分の懐中電灯で通路を照らす。

「うわー、先が見えない」

「行くぞ」

早足で歩きだした野崎に、乃木が言った。

「音を出さずにゆっくり行くんじゃないんですか」

「しっかりした造りだ。音は漏れん」

乃木は薫と顔を見合わせ、野崎のあとをついていく。

歩きながら野崎はスマホを確認する。電波は届いていなかった。いろいろな方向にスマホを向けるがアンテナが立つ気配はない。野崎は舌打ちし、スマホをしまった。

「結局、ドラムや新庄さんにお礼が言えなかった」

薫にうなずき、乃木が野崎に訊ねる。「昨日から姿が見えないんですけど、どこ行っちゃったんですか」

「新庄は昨晩から任務でモンゴルに行ってる。ドラムはシャイだからな。別れがつらかったんだろ」

「可愛い」と薫は微笑んだ。

執務室に戻った英子がどこかに電話をかけている。

「彼らは無事にそちらへ向かいました。予定より少し遅れると思いますが、対応よろしくお願いいいたします」

ノックの音がして、「それでは」と英子は電話を切った。

「はい」

ナジュムが顔を出し、英子に告げる。

「伊藤社長がお見えになりました」

うなずき、英子は執務室を出た。

英子と別れ、ナジュムは三階のテラスへと移動する。正門のほうを見て、スマホを取り出すとメールを打ちはじめる。その口もとにはかすかに笑みが浮かんでいる。

百メートルほど進むたびに野崎は電波が入るか確認するが、スマホにアンテナが立つ気配はない。野崎の足はますます速くなり、乃木と薫はついていくのに必死だ。

地下のよどんだ空気のなか、噴き出た汗が三人の肌を濡らしていく。

疲れのためか薫の目線は下を向いたまま上がらない。野崎は相変わらずスマホを動かし、電波を探している。

ゆるやかなカーブを曲がりきったとき、乃木は前方に懐中電灯のそれとは違う光を見た。上から光が差しているのだ。

「あ……あれ、出口じゃないですか?」

薫と野崎が顔を上げ、前を見た。

「本当だ!」

薫の声がトンネルに響く。

「静かに」と制し、野崎が光に向かって慎重に歩を進めていく。乃木と薫があとに続く。

光の筋は一つではなかった。

そばに近づき、三人は見上げた。梯子(はしご)の先の扉にはところどころ穴が開いており、そこから光が漏れているのだ。

急いで梯子を登ろうとする薫と乃木を、「ちょっと待て」と野崎が止めた。スマホを確認するとアンテナが四本立っている。

「どうしたんですか?」と乃木が小声で訊ねる。

野崎はしばらく待ったが、メールは届かない。

「いい。行こう」

乃木が梯子を登りはじめ、薫が続く。乃木が天井の扉に手をかけたとき、野崎のスマホにメールが着信した。

「ストップ！」

「！」

野崎は素早くメールを読み、梯子の上のふたりに「降りろ」と手で示す。戻った乃木が怪訝そうに野崎に訊ねる。

「どうしたんですか？」

野崎はリュックから内視鏡カメラを取り出し、目いっぱい引き伸ばすと、それを扉の穴に差し入れた。つながったモニターを三人で見る。

周囲を行き交う数人の警官の姿が映っていた。

「！」

そこにチンギスが現れた。

「出口は？」

警官のひとりが扉を示す。

「あと二十分で出てくる。完全包囲だ」

野崎は素早くカメラを回収すると、来た道を戻りはじめる。乃木と薫も慌ててあとを追う。出口から五十メートルほど離れたところで野崎は足を止めた。

「ちょっと、どういうことなのか教えてよ！」と薫が詰め寄る。

「警察が大使館の前から移動したとドラムからメールが来た」

「情報が漏れた⁉」と乃木が顔色を変える。

「このトンネルのことを知っているのは誰だった？」

野崎に訊かれ、乃木は考える。

「自分たちと、大使とナジュム……」

「じゃ、大使かナジュムが裏切ったってこと⁉」

ショックを受ける薫に野崎が言った。

「どっちかな？　じきにわかる」

三人はさっきよりもさらに早足でトンネルを戻りはじめた。

「もっと急げ」と野崎が急かす。

「急いでるわよ。あなたの大股と一緒にしないで」

「もしかして、裏切りを見越して急いでいたんですか？」

乃木に訊かれ、野崎はうなずく。

「猶予は約三十分。その意味わかるか？」

「えーと……野崎さんはわざとナジュムと大使にはゆっくり歩くと伝えた。どちらかの裏切り者がそれを警察に連絡。だから、さっきチンギスは二十分後に出てくると。あの納屋に着いたのが十時二十分だから、チンギスは十時四十分頃トンネルから出てくると予想していた。でも出てこない。待っても十分。十時五十分にはしびれを切らしてトンネルに突入。駆け足で戻り、大使館に着くのが十一時ちょうど。現在十時三十分。僕たちはまもなくトンネルを出られるから約三十分の猶予がある。その間に大使館から脱出！」

「わかったか」と野崎が薫に顔を向ける。

「よくわかんないけど、トンネルを出たら大使館の人たちに見つかっちゃうんじゃないの？」

「今日はなんの日だった？」

「え⁉」

「あ、そうか！」と乃木が手を打つ。「この時間は交流会で皆、本館に。別館はガラガラだ。その時間まで読んだ計画だったんですか」

「そうだ」

「いやいや恐れ入ります」

「だろ」

「さすが諜報部員」と薫が野崎の大きな背中を叩く。

「調子に乗るな」

出口にたどり着き、野崎が梯子を登りはじめる。扉を開けようとしたとき、突然明るい光があふれた。

開かれた扉の向こうから見下ろしているのは、ナジュムだった。

「‼」

野崎は動じず、「よう」とナジュムに腕を差し出す。ナジュムも微笑み、引き上げようと野崎の腕を取った。次の瞬間、ナジュムは野崎に引っ張られ、トンネルに落ちた。したたかに腰を打ちつけ、「何するんだよ！」とナジュムが叫ぶ。

野崎はナジュムの前に仁王立ちし、訊ねた。

「お前、なぜここにいる?」

「た、た、た……大使から連絡来てないの?」

「そんなもん来てねえぞ！　どういうことだ?」

「大使館の前から警察が動いたよ。だから皆さんに知らせたほうがいいって大使にメールしたのよ！　それで戻ってきたんじゃないの⁉」

「本当か？」

「本当よ！　これ！」とナジュムがメール画面を見せる。乃木がそれを確認する。

『警察が大使館の前から移動してます。トンネルの出口へと向かっているかもしれません。野崎さんたちに連絡してください』

「十時十五分にちゃんと送信してます」

「悪かったな」と野崎が謝る。「……んー、仕方ないね」

乃木も謝り、ナジュムの服についた汚れを掃う。

「てことは、裏切り者は……」

「ああ」と野崎が薫にうなずく。「俺は一年間大使を見てきて、あいつのことはよくわかってる。強気な女だが、なぜかバルカ政府には弱腰なんだ」

「じゃあ、あの外務大臣との言い合いも芝居だったってことですか？」

「そういうことだ。簡単に引き渡したら、日本への体裁が悪くなるからな」

「でも僕たちは同じ日本人ですよ？　それを裏切るなんて……」

「俺も今回ばかりは協力してくれると思ってたんだが……当てが外れた」

「あんな地位の人が……信じられない」

「もしかしてジャミーンの移送も、大使の裏切りを見越して世界医療機構の案を出したの？」と薫が訊ねる。

「まあな。すべて先を見越して行動する。仕事の基本だ」

「素晴らしい。勉強になります」と乃木が尊敬のまなざしを野崎に向ける。

「しかし、許せねえ」

野崎はそうつぶやくと、ふたりに顔を向けた。「最後にやることができた。ちょっと抜ける。五分後に裏口駐車場前に集合。ナジュム、ついて来い」

「？」

※

乃木と薫が裏口の駐車場の物陰に隠れていると、トラックがやってきた。荷台の外側には鉄板の装甲が施されている。荷台には自分たちをここまで運んでくれた四頭の馬が載せられていた。運転しているのは見知らぬバルカ人だ。

駐車場にトラックが停まり、荷台からドラムが顔を出した。

「ドラム！」

「ドラムさん」

笑顔で手を振るドラムに、ふたりが駆け寄っていく。ドラムがかかげたスマホからアニメ声が訊ねた。「野崎さんは？」

「もうすぐ来るはずなんですけど……」と乃木が別館のほうに目をやる。

「今、正門ガラ空きよ。チャンス！　チャンス！」

そこに野崎が駆けてきた。

「行くぞ、乗れ」とふたりを手招き、荷台へと這い上がる。

馬たちと運転席部分の間に置かれたシートの下に一同は潜って身を隠す。

トラックはふたたび発車し、敷地内を正門へと進んでいく。警備員が正門を開け、トラックが出ていく。しかし、正門脇で待機していた警官たちに止められた。

とはいえパトカーが二台に警官は六人しかいない。どうやらチンギスは警察隊のほとんどを引き連れ、トンネルの出口に向かったようだ。

「通行許可書を」

運転手がチェックを受けている間、一同はシートの下で息をひそめる。と、ベテラン警官のガイが新人警官のピスに言った。

「荷台も確認しておけ」

「はい」

ピスが荷台に登り、不審なものはないか確認していく。馬たちの後ろにシートがかぶさった何かがあるが、馬が邪魔でよく見えない。

「どうした？」と下からガイが声をかける。

「馬以外に何か積んでますよ。馬を降ろして見てみます」

ピスの言葉に、一同はドキッとした。

どうする……？

皆が顔を見合わせたとき、ナジュムの声が聞こえてきた。

「皆さん、これ大使から差し入れです。どうぞ飲んでください。荷台のあなたも」

「おい新人」とガイがピスに声をかける。「どうせ日本人は一キロ先で捕まるんだ。こっち来て、飲め」

「え、そうなんですか？」とピスは荷台を降りた。

「内緒だぞ」

許可が出て、運転手はトラックを発進させた。動きだしたトラックを見ながら、ナジュムが警官たちにドリンクを配っていく。

皆はシートの中でナジュムに手を合わせた。

「ナジュム、ありがとうね」と薫がつぶやく。

途中の草原で馬を降ろし、運転手に預けた。ドラムが運転席へと移動し、三人はふたたび荷台へと戻る。

野崎が地図を広げ、今後の脱出計画を説明していく。

「現在、我々が走行している地点はここ。そして向かうのは東側の隣国、モンゴル」

「ロシアじゃないの？」

野崎はあきれたように薫を見つめ、ため息をつく。

「ハハ」と薫は笑ってごまかした。「大使が裏切ったってことは、当然警察は私たちの行く先も知ってる。ってことは、厳重警備をしてるから突破は不可能ってことね」

乃木がうなずき、野崎が続ける。

「向かうのはモンゴル国境の、ここだ」

野崎が指し示した地点を見て、乃木は懸念を示した。

「そんなに遠いところだと、行く間に警備を固められてしまうのでは？」

野崎はにやりと笑い、時計を見た。

「現在ちょうど十一時。チンギスたちがトンネルを捜索して、大使館に出てくる時間だ。異変に気づき、大使館のありとあらゆる場所を捜索するのに一時間。いないとわかり、国境の緊急配備が敷かれるのは今から七十分後の十二時十分だろう」

「七十分……しかし、ここに着くまでには飛ばしても三時間はかかりますよね」

「ああ」と野崎はうなずいた。「我々の到着予定時刻は十四時だ。だが、この検問に最も近い都市、セドルの警察官はザイールの自爆で壊滅状態。配備の要請がかかっても手が回らない。そうなるとやって来るのは、このエルトネ警察。しかし、エルトネからこの検問までは二時間半はかかる。つまり、今から七十分後に連絡がきて、ここの警備が固まるのは、十四時四十分」

「私たちのほうが四十分早く着く」

「ああ」と野崎が薫にうなずく。

「……でも」と乃木が訊ねた。「国境の検問にはもともと警備もいるのでは?」

「モンゴルとバルカはかつて紛争があって、交流がほとんどない。特にこの国境の橋は人の往来がなく、検問は閉鎖されてるようなもんだ。警備員も多くて五、六人。だから、そこを」

「また中央突破ですか」

ため息交じりにつぶやく薫に、野崎が力強く言った。

「強行突破だ！」

乃木はトラックが検問を突破する様子をイメージする。嫌な絵しか浮かばない。

「しかし、そんなことしたら銃撃されたりするんじゃゃ……」

「もしかして、だからこんなトラックに？」と薫が荷台を囲む分厚い鉄板を見回す。

「すべて先を見越して行動するのが仕事の基本だと言ったろう。新庄がモンゴル大使と話をつけてある。国境さえ越えれば応戦もしてくれるし、保護もしてくれる手はずだ」

話を聞き終え、薫はおもむろにスマホを取り出した。電話をかけようとしているのを見て、野崎は慌てた。

「おい、何やってる！」

「病院の同僚に、大使に気をつけるように伝えないと」

「勝手なことするな。居場所をたどられたらどうする」

「ここならまだ行き先までわからないでしょ」

野崎の舌打ちを無視し、薫は発信ボタンをタップした。

「薫！　心配してたのよ。大丈夫なの？」

スピーカーから聞えてくるイリアの声に、「うん。なんとかね」と薫が答える。

「ちょっと待って」

ほかの看護師に聞かれないようにイリアは場所を移動したようだ。

「でも、もう戻れる状況じゃないの。それで、昨日医師団にはジャミーンのことお願いしたんだけどね、実は――」

「薫」とイリアがさえぎった。

「なに?」

「それが……」

イリアが話してくれたのは衝撃的な事実だった。ジャミーンが病院からいなくなったというのだ。父のアディエルが亡くなったことを知ってしまったらしい。

「病院中捜したけど、見つからなくて……」

絶句する薫にイリアが謝る。

「本当にごめんなさい。私がしっかり見ていれば」

「……」

「薫」

「ごめん……また電話する」

電話を切った薫が口を開く前に、野崎が言った。

「駄目だ。認めん」

「ジャミーンは村に帰ったはず。ほかに行くところはないから……」

薫は地図でその村を示し、続ける。「あの子の村は通り道よ！　ここ、立ち寄っても往復で十分しか変わらない。間に合います」

「そこにいる保証などない。それに仮にいたとしたら……足手まといになる」

「そんな……あの子はひとりぼっちなんですよ。きっと寂しくて、悲しくて、不安でいっぱいだと思うんです。せめて一瞬でもいいから、大丈夫だよって抱きしめてあげたいんです。お願いします。お願いします！」

いつも強気な薫に何度も頭を下げられ、野崎はついに折れた。

「……五分だ」

「！」


人よりも羊や馬が多い村に降り立ち、乃木は不思議な懐かしさを覚えた。あれからまだ一週間も経っていないのが信じられない。

薫は一目散にジャミーンの家へと向かう。すぐ乃木もあとを追った。

家に入るや薫は叫ぶ。

「ジャミーン、ジャミーン、ジャミーン！」

しかし、ジャミーンの姿は見当たらない。

「ジャミーン！」と乃木も声を張る。それに答えるように奥の部屋から仔馬のいななきが聞こえてきた。

ドアを開けると、仔馬の足もとにジャミーンが倒れていた。

「ジャミーン‼」と血相を変え、薫が駆け寄る。

その頃、野崎はナジュムからの電話を受けていた。

「出たか？」

「んー、十二時ちょうどね」

「十分早えな」

「すみません、三十分も連絡遅れて」

「いや、無事でよかった。バレなかったか？」

「はい。野崎さん、トンネル入る前に防犯カメラ、切ってたんですね。チンギスが激怒してましたよ。で、ジャミーンでしたっけ。その子の病院には行ってないよね」

「あの女、そこまでしゃべったか！」

電話を切った野崎は、ドラムと一緒にジャミーンの家に飛び込んだ。

「お別れは終わったか⁉　すぐ出るぞ」

薫と乃木は奥の部屋にいた。ベッドには意識朦朧（いしきもうろう）のジャミーンが寝かされている。

「何してんだ」

「重度の脱水症状を起こしてるの」と真っ青な顔のジャミーンに視線を向けたまま薫が返す。「チアノーゼ発作も出てる」

「まさかここで処置するつもりか？」

薫は答えず、ガーゼに湿らせた経口補水液をジャミーンの口に含ませる。

「そんな時間はない。あとは誰かに頼め。俺たちはすぐにここを出る」

「ダメ！　今すぐ処置しなければジャミーンは助からない！」

「それならお前を置いていくしかない」

「野崎さん！」と思わず乃木が声をあげた。

「それでも構わない」

「なぜ、そこまでこの娘にこだわる‼」

薫がジャミーンの頬を撫でながら、言った。

「アディエル……この子の父親に言われたんです。ジャミーンを頼むって」

「お前、もしかしてその男と？」

　薫は小さくうなずいた。

「もうすぐ結婚するはずだったんです。やっと家族になれるんだって……なのに……なのに……」

「……」

　薫が野崎を振り返った。強い覚悟を秘めた目が野崎を見据える。

「この子まで失うなんて耐えられない！　命に代えたって守りたいの！　誰にだっているでしょ？　そういう人が！」

「……」

「私はここを離れない。行きたければ行けばいい」

「……」

　そのとき、乃木が野崎に向かって頭を下げた。

「すみません。僕もここに残ります」

「⁉」

「ジャミーンは僕の命の恩人でもあるんです。こんなに苦しんでるのに放っておけません！」

野崎は途方に暮れたようにつぶやいた。

「お前なあ……」

「共同戦線……僕たちは組みましたよね」

「！」

「野崎さんだって、僕が帰国しなければ困るんじゃないですか？　それにこんな幼い子をひとり置いていくなんて、あなたにできるんですか？」

そう言って、乃木は野崎の目をじっと見つめる。

「……」

乃木は薫を振り返った。

「僕も手伝います。何かできることは？」

「経口補水液をさっきの分量で作ってください」

うなずき、乃木は台所へと向かう。

「問題はチアノーゼ……薬がないと……」

薫は湿らせたガーゼで経口補水液を与えつづけるが、苦しみのあまりジャミーンは吐き出してしまう。

その姿に野崎も心を動かされる。

「クソッ!!」と悪態をつくと、戸口に立つドラムに訊ねる。

「近くに身を隠せるところはあるか？」

乃木と薫がハッと野崎を振り返る。

ドラムは野崎にうなずいた。

「ここにいたら警察に見つかる」

「そんな……移動させるのは危険です！　警察だってここには――」

「大使が警察にこの子のことを話した」と薫をさえぎり、野崎が言った。「病院にいないとわかったら、ここに来るのは当然だろ」

「……」

「薬はドラムに病院まで取りにいかせる。さっきの友達に連絡しろ！」

「……はい」

「必要なものだけ持って、すぐにここを出るぞ」

じっと自分を見つめる乃木の視線に気づき、「なんだよ」と野崎がにらみ返す。

乃木の口もとに笑みが浮かんだ。

「ありがとうございます」

※

医療器具と薬を詰めたバッグを抱えたイリアが病院を出た。物陰から馬に乗ったドラムが顔を出す。気づいたイリアが歩み寄ろうとしたとき、遠くからサイレンの音が聞こえてきた。ドラムはイリアを手で制し、ふたたび物陰に隠れた。

立ちすくむイリアの前を次々とパトカーが通りすぎ、病院の車寄せに停車する。車から降りた警官たちがイリアに向かって歩いてくる。

緊張で身体をこわばらせるイリアの横を通りすぎ、警官たちは病院に入っていく。とにかく早くここから離れようとイリアが足を踏み出したとき、急ぎ足で追い越そうとした警官が後ろからぶつかってきた。

衝撃でバッグが落ち、中から医療器具を収めた袋がこぼれた。慌てて拾おうとするイリアの手に先んじ、誰かが袋を拾った。

チンギスだ。

固まるイリアにチンギスは袋を差し出した。

「ありがとうございます」

受け取り、イリアはそそくさとその場を去る。チンギスは特に気にせず、病院へと入っていく。

警官たちの姿が消えたのを確認し、イリアはドラムにバッグを渡した。ドラムはイリアに一礼し、馬にまたがり去っていった。


恐竜の谷と呼ばれる砂岩地帯にある洞穴に、バッグを抱えたドラムが入っていく。赤い夕陽が射し込む洞穴の奥に、皆の姿があった。馬小屋から持ってきた藁を分厚く敷き、その上に毛布を重ねて作られた即席のベッドの上に、ジャミーンが寝かされている。

いち早く気づいた薫がドラムへと駆け寄った。医療器具の入ったバッグを宝物のように受け取る。

「ありがとう、ドラム」

薫はバッグから治療に使う器具を取り出し、準備を進める。点滴ルートを確保し、心臓の薬を投与するとジャミーンの呼吸が落ち着いていく。

薫を手伝いながら、野崎が訊ねる。

「なあ先生、実際どんな感じなんだ?」

「予断を許さない状況が続くと思います」

「どのくらいかかる？」

「ここ二、三日が勝負です」

難しい顔のまま、野崎はドラムを振り返った。

「ドラム、五日分の食料、水、ガスコンロ、それと燃料を頼む」

うなずき、ドラムはふたたび洞穴を出ていった。


薫の必死の治療の甲斐もなく、ジャミーンは回復の兆しを見せないまま三日が過ぎた。乃木も薫と同様、ほとんど寝ずにジャミーンの看病に当たっている。

薫が点滴の交換をしていると、外に出ていた野崎が戻ってきた。憔悴した薫の表情を一瞥し、口を開く。

「この子を治す前にお前らがぶっ倒れるぞ。順番に寝ろ」

薫はジャミーンの汗を拭いている乃木を振り返り、言った。

「乃木さん、先に。朝になったら交代してください」

「……はい」

しかし、毛布にくるまっても乃木に安息は訪れなかった。

乃木はいつもの悪夢の中にいた。

ヘリが去り、無理やり父と母から引き離される。髭面の男たちに乱暴に扱われ、自分と同じような子供たちであふれる狭い部屋に押し込まれる。

生き延びるために必死で子供たちの輪に入り、物乞いをして銭を稼ぐ。

と、誰かが目の前に立った。

「君……日本語がわかるのか?」「お父さんとお母さんは?」


ハッと目を覚ますと、野崎とドラムがいた。野崎の目線を追うと、ジャミーンのかたわらで涙を流している薫の姿が視界に飛び込んできた。

まさか……。

乃木は起き上がり、薫のもとへと向かう。野崎とドラムもあとに続く。

藁のベッドに横たわるジャミーンが乃木に気づき、うっすらと微笑んだ。

「ジャミーン……」

「本当に、強い子」

薫の声は震えている。

サチュレーションの数値を皆に見せ、薫が言った。

「もう大丈夫。峠は越しました」

ジャミーンの頭を優しく撫でる薫を見ながら、「よかった……」と乃木は脱力した。

薫は野崎を振り向き、頭を下げる。

「野崎さん……ありがとうございました」

「礼を言うのはまだ早いんじゃないか」

「？」

「日本に帰れなきゃ、この子は死ぬんだろ」

うなずく薫に野崎は言った。

「勝負はここからだ」

「はい」

鋭いまなざしに野崎の覚悟を感じ、乃木が訊ねる。

「ずっと地図をご覧になってましたが、何か策でも」

野崎はボロボロになった地図を広げた。至るところに×印がついている。

「ドラムの調べでわかったが、中国、ロシア、カザフ、すべての国境ゲートが通常の倍の警備になった。特に狙っていたモンゴルゲートは三倍だ」

「しかし、ここは空いてますよね」と乃木が地図の一点を指さす。

「そのとおり」と野崎はうなずいた。「ここしかない」

それはクーダンの南に広がる広大な砂漠だった。

ふいにドラムが吠えた。野崎に対し、激しく首を振り、駆けだしていく。

「おい、ドラム」

慌てて野崎があとを追う。

「ドラム、待て！　ドラム」

しかし、ドラムは洞穴の外へと駆け去っていった。

様子をうかがいに出てきた乃木と薫に、野崎が言った。

「あいつの気持ちはよくわかる」

「わかる？」

野崎に代わって薫が説明する。

「バルカの人は、このアド砂漠を死の砂漠って呼んでるの」

「死って？」

「ここに踏み込んだら、待つのは死だけという意味だ」

「！」

「でもな」と野崎は続けた。「だから、警察もここを渡るとは考えない」

「……」

「ラクダに乗って渡り切るのには最低七日。その間、気候が俺たちに味方しつづけて、日中の地獄のような暑さも夜の寒さもギリギリで乗り越えられて、嵐にも巻き込まれない……それでも俺たちが生きて渡れる確率は、よく見積もっても三十％だ」

「三十％⁉」と薫が目を見開く。

「しかし、俺たちには現地人が持っていない文明の利器、ＧＰＳ、ソーラー充電器、衛星電話がある。これでまず道に迷うことがない」

砂漠を横断するのに何より大切なのは方角を見失わないことだ。常に自分たちの位置と目的地を把握することが可能となると……。

「確率は一気に五十％に跳ね上がる」と野崎が続ける。「警察がわんさかいるゲートに突っ込むより格段にましだ」

「どちらにしても一か八かですね」

「私、行きます」と薫は決意を覗かせる。「あの子のために何がなんでも生きなきゃ」

「しかし連れてはいけないぞ」

「わかってます。今の状態なら病院に行かなくても、イリアの家でも大丈夫です」

野崎はうなずき、ドラムを捜しに洞穴を出ていく。

※

頭と顔を覆う長いスカーフとイスラムの衣装を手に、薫が感慨深げに言った。

「これ着るの初めてです」

「しばらくイスラム系の土地を通る。念のためだ」

衣装はドラムが用意してくれた。野崎の説得で砂漠を渡る覚悟を決めてからは早かった。すぐにドラムは野崎がリクエストした品々を手に入れ、足の調達にも動いた。

「……ラクダに揺られて一週間。どんな旅になるんでしょうね？」

不安そうに乃木がつぶやく。薫が野崎に訊ねた。

「野崎さんは経験あるんですか？」

「たった二日間だが、最悪だったよ。股間は痛くなるわ、まともに横になって寝れないわ。疲れ切って会話もなくなる」

「じゃあ、これが最後のまともな会話になるかもってことね」

「ああ」

「なら聞いてもいいですか？」

「あ？」

「ずーっと気になっちゃってて……『別班』って一体なんですか？」

「なんだ。まだ調べてなかったのか」と野崎が意外そうに言った。

「？」

「ネットに載ってるぞ。どんな検索エンジンでも一ページ目だ」

「え、ウソ。ちょっと貸してください」と薫は乃木が手にしていたスマホを奪い、検索をかける。しかし、電波状態が悪く、つながらない。

　鼻で笑われ、薫はムッとした。

「教えてくださいよ。『別班』って怪しい組織なんですか？」

「……日本にアメリカの施設がいくつあるか知ってるか？」

「え？　なんですか急に」

「二十か所くらいですか」と乃木が答える。

「百三十か所だ」

「そんなに」と薫が驚く。

「国民はみんなこう思ってる。日本はアメリカに守られているだけで自国を守る力なんてない。平和ボケした国だ、とな」

「まあ、そんな感じですよね」と薫は乃木に同意を求める。

「まあ」

「だが考えてもみろ。西側諸国ではあれだけのテロが起きてるっていうのに、アメリカの五十一番目の州といわれる日本では、本格的な国際テロはいまだに起きていない」

「そういえばそうですね」と薫はうなずく。

「その鍵を握るのが、『別班』だ」

「⁉」

「公にされていない自衛隊の陰の諜報部隊。それが『別班』と呼ばれる部隊だ」

「陰の……諜報部隊？」

「スパイということでしょうか？」と乃木が訊ねる。

「野崎さんと同じってこと？」

「いや、俺たちはあくまで警察。国に認められた組織だ。だが『別班』は違う。民間人に紛れ、国内外で諜報活動に従事している『別班』の隊員が日本にはたしかに存在しているんだ」

「その『別班』がテロを未然に防いでいると……」

「いやいや」と薫は笑った。「さすがにそれは。映画じゃあるまいし」

「じゃあ答えてみろ。なぜ日本ではテロが起きない？」

「あまり効果的な標的がないとか」

　うんうんと乃木も薫にうなずく。今度は野崎が苦笑した。

「死ぬほどあるだろ。ラグビーワールドカップ、東京オリンピック、世界三大大会の二つが連続して日本で行われた。狙うのには絶好の機会だったはずだ。共産圏のロシア、中国、北朝鮮……それに、アメリカを憎み切っているＩＳ、アルカイダなどの中東のテロ組織……そいつらがなんで平和ボケ、諜報員が入国し放題、そんな我が国の、これだけある米軍基地を狙わない？」

「それは……」と薫は口ごもる。

「実は日本は何度も標的になっている。ただ、未然に防がれているだけだ」

　断言する野崎に薫が言った。

「でも……そんな組織があったら大問題じゃないですか」

「なんで？」と野崎が笑みを浮かべる。

「だって、自衛隊の陰の諜報部隊ってことは政府非公認ですよね？」

「そうだ」

「それはまずいですよ。日本は民主主義国家ですよ。政府非公認の諜報機関ってことは、『別班』は秘密裏に勝手なことができるってことになりません？」

「極論はそうなる」

「じゃあ、それ自体法律違反——」

薫をさえぎり、野崎は言った。「非公認だからこそ、例えばテロリストに近づき、殺害しなくてはならないとき、いちいち面倒な許可を取らなくていい。仮に暗殺してそれが公になり国際問題になっても、政府は無関係としておいたほうが責任を負わずに済む」

「それって、政府が『別班』の存在を黙認しているってことですか?」

「なんとも言えないがな……ただ、お前が心配するような暴走を起こさないよう、『別班』には自衛隊でも超一流の人材だけが集められていると噂されている」

「『別班』は日本をあらゆる攻撃から守るために、最も適した存在だと?」

野崎は乃木にうなずいた。

「日本政府の上に立つ人間は、バカなふりをして意外としっかりやってたりするんだ」

しかし、薫はまだ納得できないようだった。

「俺だって詳しくは知らないがな……ただ、ザイールが知ってたくらいだ。むしろ海外の諜報機関のほうが『別班』のことに詳しいかもしれん」

「なんだか都市伝説みたい」

「だが、存在は事実だ。何年か前、国会でも『別班』について答弁されている。結局、政府は存在を認めなかったがな」

「……」

「ジェームズ・ボンドのＭＩ６だってそうだ。イギリス政府はずっと公式にはその存在を否定しつづけていたが、今じゃ実在することが公表されてる」

「へー」と感心し、薫は乃木をうかがう。「で、乃木さんがその日本を守る秘密のスパイ組織、『別班』に間違えられたわけ？」

「まあ、そういうことになりますね」と乃木は偉ぶるように胸をそらせた。

「実は」と野崎が乃木に顔を寄せる。「日本の仲間にお前を徹底的に調べさせた」

その鋭い目に乃木はゴクリと唾を飲む。

「お前の経歴に怪しいところは一つもなかったそうだ」

「と、と、と、当然です！」

死の砂漠を前に、三人は思い切り笑った……。


翌朝、水や医薬品などを積んだ荷物運搬用が二頭と人間用が四頭、計六頭のラクダがドラムによって調達されてきた。

そして、ジャミーンを迎えにイリアも車で駆けつけた。ジャミーンを抱いたドラムが車に乗せようとしたとき、出発の準備をしていた薫が声をかけた。

「待って」

薫は眠るジャミーンの頬を撫で、キスをして別れを告げる。

砂漠の向こうに小さくなっていくイリアの車を見送る薫と乃木に、野崎が言った。

「さあ、行こう」

ふたりがラクダのもとへと戻りかけたとき、車が停まった。

「？」

イリアが運転席から出てきて、助手席のドアを開けた。イリアの手を借り、ジャミーンが車から降りてきた。

「ジャミーン」

薫を見つめるジャミーンの目から涙があふれる。ジャミーンは薫に向かって駆けだした。しかし、思うように身体が動かず、すぐに転んでしまう。

「ジャミーン！」

薫はジャミーンのもとへと走った。身を起こしたジャミーンを強く抱きしめる。

音を発しないジャミーンの口が動く。

「ごめんね、ごめんね。寂しかったよね」

ジャミーンの手が薫の背中をギュッとつかむ。薫の目にも涙がにじんでいく。しかし、薫は必死にこらえた。

「ジャミーン、これから私の言うことをしっかり聞いてほしいの」

「……？」

「私たちは今すぐここから出なければいけない。私とジャミーンは違う場所に向かう」

「！」

「あなたはイリアの家に行くの。そこで日本に行く準備をする」

嫌だとジャミーンは首を横に振った。不安にさせないように薫は笑顔をつくる。

「私はあなたを日本で待ってるから。大丈夫。私を信じて。必ずまた会える」

それでもジャミーンは首を振る。

「必ず会える。会えるから」

抱き合ったままジャミーンと離れられない薫に、乃木は幼い頃に別れた母親の姿を重ねてしまう。

※

ロシア語で地獄を意味するアド砂漠の入口にたどり着き、四人はラクダを止めた。強烈な陽射しが赤茶けた砂の海に降り注いでいる。

「これがアド砂漠」と薫がつぶやく。

「ああ、そうだ」

野崎がうなずき、ラクダを前に進ませる。そのあとを三人が続く。通りがかった遊牧民が声をかけてきた。

「どこ行くんだ。その先は死神しかいないぞ。今すぐ引き返せ」

「忠告ありがとう」と野崎が答える。「俺たちはその死神に会いにいくんだ！」

遊牧民は理解できないと両手を上げ、去っていく。

「本当に会えるかもな」

そうつぶやき、野崎はふたたび進みだす。


初日は思うように進めなかった。乗り慣れていない乃木と薫はラクダをうまく扱えず、容赦なく照りつける太陽は想像以上に堪えた。

日が落ち、視界が利かなくなったので、予定よりはるか手前の岩場で野宿することにした。疲れ切った薫は食事を終えるや眠りに落ちた。

ラクダの世話から戻ったドラムが野崎に言った。

「思ったよりも昼間の気温が高い。四十度超えてるよ。ラクダもいかれちゃうよ。移動は空が青くなってから暑くなる昼までで、そこでいったん休んで、夕方からまた移動ってことにしようよ」

「そうだな」


昇ったばかりの朝陽が砂丘を幻想的に彩るなか、一行は進んでいく。野崎はGPSで現在地を確認し、国境までの距離に厳しい表情になる。

気温はみるみる上昇し、暑さのあまり薫はすでに意識が朦朧としはじめた。乃木が気づき、「薫さん」と声をかける。

薫はハッと目を開けた。

「大丈夫ですか?」

力なく薫はうなずいた。視線を先に移し、怪訝な表情を浮かべる。それを見て、乃木が薫の視線を追った。

「野崎さん!」

野崎とドラムが振り返る。乃木が指さす前方に目をやると、遠くで砂が渦を巻いているのが見えた。

「来るぞ……！」

野崎は砂嵐を避けるため進路を変えた。身を隠せる岩陰にたどり着いたとき、強烈な嵐が襲いかかってきた。

スカーフで覆った顔を砂が叩きつけてくる。口の中に砂が入り、呼吸ができない。目も耳も利かないなか、四人はひたすら耐えるしかない。

やがて砂嵐が去り、静寂が訪れた。

一頭のラクダが砂に鼻をつけている。突然、砂が盛り上がり、ドラムが這い出てきた。ドラムは砂をかき分け、野崎ら三人を引っ張り出す。

三人は砂に汚れた顔を呆然と見合わせる。

生きていることが不思議だった。

夜、岩陰で四人が食事をしている。食欲などありはしないが、とにかく何かを腹に入れなければ明日動けない。

薫は無理にデーツを口に押し込もうとして落としてしまった。拾った砂まみれのデーツをぼんやりと見つめる。

乃木がそのデーツに手を伸ばした。薫の手から取ると、砂を払って自分の口に入れる。代わりに自分の分を薫に渡した。

「あ、ありがとうございます……」

乃木は心身ともに弱り切っている薫が心配だった。

食事を終えると一気に冷えてきた。

寒さに震える薫に、乃木が自分の毛布をかけてやる。ドラムも薫を抱くようにして温める。野崎も毛布がなくなった乃木に寄り添い、温める。

四人は団子状態になり、どうにか夜をしのいでいく。

あくる日は、ほぼ日陰のない砂の大平原をひたすら進んだ。日が暮れかけてきたとき、ようやく岩山に入った。しかし、岩山は岩山でまた厄介だった。

目の前を大きな石が落ちていき、野崎はラクダを止めた。後ろからドラムのアニメ声が話しかけてくる。

「どうします?　もうすぐ日が暮れちゃう。ここで寝ると落石が超キケン!」

薫はすでにラクダの上で眠ってしまっている。

「このまま進もう。だいぶ遅れをとってるしな」

「たしかに」と弱々しい声で乃木も同意した。「そちらのほうが安全でしょう。人間よりはるかに視力がいいラクダなら、落石をいち早く察知し、回避してくれる」

「ここからしばらく一本道ね。ラクダは迷わないよ。ラクダには悪いけど、寝ながら行こう」

「そうだな」と野崎もドラムにうなずく。「乃木も寝ろ。ジャミーンの次は先生の面倒見て、洞窟からまともに寝てないだろ」

「……」

深夜、岩山の一本道を一行のラクダたちが進んでいく。野崎が時計に目をやると『3：30』と表示されている。後ろを確認すると乃木と目が合った。

「大丈夫だ。寝ろ」

「はい」

薫のことが気になったが、睡魔に負けて乃木のまぶたは自然に下りていく。

太陽が顔を出し、気温が上がりはじめた。しかし、疲れ果てた一同はラクダの上で眠りに落ちている。

いつの間にか順番が変わり、しんがりだったドラムが三番目になり、そのあとを荷物を載せたラクダが二頭続く。最後に誰も乗せていないラクダが歩いている。

薫の姿はどこにもない。

3

照りつける陽射しのなか、ラクダに揺られた乃木がこっくりこっくり船を漕いでいる。ふいにラクダが前足を折って、その場にしゃがんだ。大きくバランスが崩れ、乃木はハッと目を覚ました。

ぼんやりと周囲を見回し、裸のラクダに気づき、愕然とする。すぐにラクダから降り、野崎のもとへと駆け寄った。

「の……の……」

のどがかすれて、うまく声が出ない。

「の……ざきさん……薫さんが……」

野崎が飛び起き、薫のラクダを振り返る。隆起したその背中には荷物だけが残され、薫の姿はなかった。

舌打ちしながら、時刻を確認する。時計の表示は『7：26』だった。

騒ぎでドラムも目を覚ました。事態に気づき、泣きそうな顔になる。

すぐに乃木が言った。「引き返しましょう」

しかし、野崎は黙ったままだ。

「野崎さん⁉」

「駄目だ」

どうして⁉

「最後に先生を見たのが三時半。四時間も経ってるんだ」

「……落ちたのはついさっきかもしれません」

「四時間前かもしれない。見つけられたとしても、生きているかはわからない。リスクが大きすぎる」

「……きっと助けを待ってます。捜しに行ってきます」

冷酷な言葉だが、その根っこには深い悔恨と葛藤がにじんでいる。

「やめとけ！」

厳しい声で野崎は乃木を止めた。「お前まで死ぬことになる」

「とっくに死んでます」

「？」

「……セドルに向かう途中の砂漠で一度死にかけました。そのとき、ジャミーンが僕を見つけ、薫さんが治療してくれたおかげで僕は命を救われました。見捨てるわけにはいかないんです……」

しばしの沈黙のあと、野崎は口を開いた。

「八時間だ」

「?」

「八時間だけ、あそこで待つ」

野崎が目で示したのは、百メートルほど先に見える岩場だった。

「片道四時間。十一時三十分になっても見つからなかったら引き返せ。もし時間になっても戻らなければ、先に行く。共同戦線は決裂だ」

「わかりました」

「これ持っていけ」と野崎はGPS発信機を乃木に渡した。「進んできた道をたどれるようになってる」

「……はい!」

「ドラム!」

薫のラクダを連れ、乃木についていこうとしていたドラムを野崎が制した。

「俺と一緒に残るんだ」

「……」

※

その頃、大使館の執務室では英子が外務大臣のワニズと対峙していた。それぞれ通訳を従えているが、英子のかたわらにナジュムの姿はない。野崎たちがトンネルから消えて以降、英子はワニズたちの対応に追われている。

「あなたは一つ重要なことをお忘れのようだ」

ワニズの言葉に英子が身構える。

「貴国とバルカは未来永劫、友好国でなければならない」

「！」

「思い出しましたか？」

英子は力なくうなずいた。「ええ」

「では、彼らの情報が入ったらお教えください。小さなことでもお互い協力しないと、貴国はアジアでの主権を取り戻す機会を失う。その意味わかりますよね？」

「承知しております」

「それはよかった」

※

ＧＰＳを頼りに乃木は砂漠を戻った。周囲に目を配りながらの道行きは精神的な疲労も蓄積させ、乃木の体力をさらに奪っていく。

乾燥がひどく地面がひび割れた地域に入る。

焦りを感じながら時計を見たとき、頭の奥がズキッと痛んだ。

『ここら辺にいると思ったがねえ。いねえな』

いつの間にか薫のラクダにＦが乗っている。

「……あと二時間ある」と乃木が答える。さっき確認したら時刻は九時を少し回ったところだった。タイムリミットはまだ先だ。

『この先は小さな砂丘。そこにもいなかったらあの岩山だぞ。あきらめるしかねえな』

「いや、野崎さんのアラームで起きたのが三時半。あそこは岩山の出口付近だったはず。必ずここか砂丘にいるはずだ」

『倒れているところをオオカミに持っていかれたってこともあるぞ』

「……」

砂丘の入口まで戻っても薫の姿を見つけることはできなかった。乃木が時計を見ると、頭の中で声がした。

『十一時十分。あと二十分だ』

顔を上げると目の前の小さな丘にFが立っていた。

『それで駄目なら引き返すんだぞ』

「黙ってろ……」

岩場で待機し、体力を温存していた野崎は、スマホのアラームの音で目を開けた。

十一時三十分。

タイムリミットだ。

隣のドラムがうかがうように野崎を見つめる。

「……」

砂丘を一気に駆けのぼり、頂上から乃木は辺りを見回した。不思議な文様を描く赤茶けた砂のほかには何も存在しなかった。

「クソッ……」

思わず毒づく乃木の頭にFの声が響く。

『今、何時かわかってんのか？』

時計に目をやり、顔を上げると目の前にFが立っていた。

『十二時十七分。もう四十七分過ぎてるぞ。さっさと引き返せ』

無視して乃木は前方へと砂丘を降りていく。

『おい！』

「……」

『あんな聖母マリアみたいなとこ見せられちゃなあ。俺だって胸が熱くなった』

ゆっくりと下る乃木のラクダの横をFがついてくる。

『そんな女に惚れる気持ちはわかる。でもな、あいつはアディエルを愛してるんだ』

無視しつづける乃木にしびれを切らし、Fは叫んだ。

『いい加減にしろ！　お前が死んだら元も子もないんだ！　俺たちの親を捜すんじゃないのかよ！』

「言われなくてもわかってるよ!!」

Fよりも大きな声で乃木は叫び返した。

『！』

「あ――‼」

天に向かって吠え、乃木はがっくりとラクダの首に身体を預ける。

そのとき、後ろからついてきていた薫のラクダが何かに気づき、聞き馴染みのない唸り声をあげた。

『おい、憂助！』とFがラクダの視線の先を指さす。

乃木は顔をめぐらせ、そっちに目をやる。強い風が砂を巻き上げ、砂だまりの中から服のようなものがチラリと見えた。

「！」

乃木はラクダから飛び降り、砂だまりへと駆け寄る。急いで覆っている砂を払いのけると、うつぶせになった薫が姿を現した。

「薫さん……薫さん！」

背中をさするも反応がない。

まさか……。

慌てて顔を上に向かせ、脈をとろうとしたとき、「うっ……うう……」と薫の口からかすかな声が漏れてきた。

「……薫さん！」

乃木はすぐさま荷物から水筒を出し、薫の口に含ませる。のどを鳴らして水を飲むと薫の顔に生気が戻ってきた。

うっすらと膜がかかったような瞳を向け、薫がつぶやく。

「ご……ごめんなさい……」

首を横に振り、乃木は言った。

「一緒に日本に帰りましょう。ジャミーンを助けるんでしょ」

薫の瞳に光が戻っていく。

弱々しくも、薫は乃木にうなずいた。


落ちないようにラクダの鞍に薫の下半身を縛り、乃木は一緒に砂漠を戻っていく。タイムリミットまでもう時間がない。無理を承知で、乃木はラクダを急がせる。

「ごめんな。でも七キロ先の野崎さんのところに十五時半までに行かなきゃならないんだ。頑張ってくれな」

一時間ほど進んだとき、乃木の乗っているラクダが急に呻き声をあげ、足を止めた。ゆっくりと前足を折り、砂にしゃがむ。

水を飲ませながら、乃木はいたわるようにラクダに声をかける。

「これが最後の水なんだ。しっかり飲んで起き上がってくれ」

声に応え、ラクダはなんとか立とうとする。しかし、力が尽きたようにその場に倒れてしまった。

乃木は悲しげに、「ごめんね」とラクダの顔を撫でる。「昨日の昼過ぎから僕らは君たちの背中で寝ていたけど、君たちは歩きっぱなしだ。もう動けないか。ごめんな、こんなつらい思いさせて……ごめんな」

自分のラクダをその場に残し、乃木は薫を乗せたラクダの手綱を引いて歩きはじめる。しばらく行くと足もとの地面がひび割れているのに気がついた。

「薫さん、半分まで来ました。もう少しです」

ラクダの上で薫がかすかにうなずく。

朦朧とした意識のなか、乃木はただ機械的に足を前に出す。

急にブレーキがかかり、乃木の身体が止まった。振り向くとラクダがしゃがんでいる。どうやらこの子も限界のようだ。

乃木は縄をほどき、薫をラクダから降ろす。次の瞬間、ラクダが倒れた。

「！」

陽炎が揺らめくなか、薫を背負った乃木が這うような足どりで進んでいく。晴天に白く輝く太陽が、じりじりとふたりを焦がしていく。

「……うぅ……」

背中で苦しげに呻く薫に、乃木が声をかける。

「もう少しです。我慢してください……」

同じ言葉を、自分にもかける。

とはいえ、もはや限界をとうに超えている。意識が遠のきそうになったとき、頭の奥で声がした。

『おい、あと三キロだ。お前ボロボロだぞ』

「F?」

いつの間にかFが隣を歩いていた。

『先生、水を早く飲ませないとヤバいぞ』

「わかってる。でも目が……手の感覚もなくなってきてる」

よろける乃木に、『おい!』とFが焦ったような声を出す。

『一回休め。お前が倒れたら元も子もない』

「駄目だ。休んだらもう立てなくなる。それに約束の時間が」

『野崎は二、三時間は待ってくれるよ。だからさぁ』

「いや、もう……何も見えなくなってきた」

『おい！』

ゆがんだ視界が徐々に暗くなっていく。同時に意識も遠のいていった。

『起きろ、憂助！　起きろ』

遠くから聞こえてくるFの声に引っ張り上げられるように、乃木の意識が覚醒していく。

うっすら目を開けると、陽炎に揺れながら何かがスピードを上げて近づいてくる。

「……？」

ゆらゆらとした何かの輪郭がだんだんとはっきりしてきた。

「！」

身体の中に力が湧き、乃木は起き上がった。

近づいてくるのは、野崎だ。

乃木はかたわらに倒れている薫に声をかける。

「薫さん。野崎さんが……野崎さんが」

薫のまぶたがピクピクと動き、ゆっくりと目が開かれていく。

乃木は薫に微笑み、野崎に向かって手を上げた。


野崎に抱きかかえられた薫が水筒の水を飲んでいる。

「よく生きてた……」

薄く目を開けた薫が、野崎にうなずく。

そんなふたりの姿を見ながら、乃木は死の淵から生還したことを実感している。

「すみません。乗ってきたラクダが……一歩も動かなくなってしまって……」

「心配いらない」と野崎が返す。

「でも……」

「ラクダは水がなくても砂漠で二週間は生きられる。少し休めばまた動けるようになる」

野崎の言葉に、乃木は安堵した。

決算の日が迫っていた。乃木にはもう時間の猶予はなかったが、薫の命には代えられない。野崎の判断で一行は太陽と風をさえぎることができる岩陰を拠点に、薫の回復を待つことにした。その間にドラムが、乃木が置いてきた二頭のラクダを連れ戻した。

二日後、どうにか薫の体調もラクダに乗れるまでに回復し、一行は旅を再開した。

峡谷を通過し視界が開けると、野崎は「おい」と皆に声をかけた。乃木と薫が野崎の視線を追う。遠くに小高い丘が見える。

「あの丘だ」

「え？……」

「あれを越えるとすぐモンゴルだ」

「！……」

薫の虚ろな瞳にも弱い光が灯る。

「行くぞ」

ゆっくりと、しかし確実に一行は丘を登っていく。

その一歩一歩が未来へとつながっていくのだ。

やがて、丘の頂が見えてきた。

長い旅がようやく終わる……。

四頭のラクダが丘の頂上に達し、四人は死の砂漠の果てを見下ろした。
そこには死神が待っていた――。

※

丘を越え、四人を乗せたラクダが現れたのを見て、チンギスは歓喜の雄叫びをあげた。

それを合図に後ろに控えた警官たちが、四人に銃を突きつける。

命を懸けた砂漠の旅の結末がこれか……。

絶望とともに一気に徒労感に襲われ、乃木の身体から力が抜けていく。

野崎は怒りの炎をたぎらせながら、目の前のチンギスをにらみつけた。

「どうして俺がここにいるのかわかんないだろ?……しょせん日本の警察官だな」

「!」

「現地人が通らない砂漠を渡るっていうことはな、それだけで情報が出回るんだよ」

「……死神か」と野崎がボソッとつぶやく。

「途中で野垂れ死ぬと思っていたが……さすが、忍耐力に長けた日本人だ。だが、お前らの運命もここでおしまいだ」

「……」

警官たちが銃口を向けながら、ゆっくりと距離を詰めてくる。

もはや抵抗する気力もなく、乃木、薫、ドラムの三人は手錠をかけられた。

チンギスはふたたび野崎に向かって口を開いた。

「この三人は引き渡してもらう。外交官のお前は逮捕できないから……ここでお別れだ。好きに帰れ」

「……」

「まあ、こんなところに置いていかれたら死んじまうか。同じ警察官のよしみだ。バルカまで連れてってやる。暴れられても困るからな。手錠はかけさせてもらうぞ」

チンギスは腰から手錠を外し、野崎にかけた。野崎は黙ってチンギスを見据える。チンギスは顔を背け、乃木のほうへと近づいていく。

「乃木……『テント』の関係者、徹底的に調べてやる！　覚悟しておけ……」

「！……」

チンギスが口もとに勝利の笑みを浮かべたときだった。

背後からとてつもなく大きな炸裂音が響き、同時に地面が激しく揺れた。その場にいる全員が反射的に身をかがめる。

おそるおそる背後を振り向いたチンギスは、百メートルほど後方に着弾の痕を認め、戦慄した。

やがて砂丘の上に二台の戦車が姿を現した。

「モンゴル軍」

唖然としてつぶやくチンギスに、ふっと野崎が笑みを浮かべてみせる。

乃木と薫は思わず野崎を見た。

戦車の後ろから一台の軍用ジープがついてきている。

戦車が停まり、ハッチから上半身を出した軍服姿の男がスマホを耳に当てた。

次の瞬間、野崎のポケットでスマホが鳴った。手錠で電話を取れない野崎は、「出ろ」とばかりに音を立てているポケットをチンギスのほうへと向けた。

チンギスは野崎のポケットからスマホを取ると、スピーカーにして電話に出た。

「バルカ警察か?」

「お前は何者だ?」とチンギスが返す。

「モンゴル国境警備隊の者だ」

「それがなんの用だ?」

「その日本人を今すぐ釈放しろ」

フンと鼻で笑い、チンギスは言った。「この日本人はバルカ領内で我々が逮捕した。モンゴル人にとやかく言われる筋合いはない！」

「どこの領土だと？」と警備隊隊長が返す。

「ここは我がバルカの領土だ！　位置情報で確認済みだ！」

チンギスは部下に手を差し出し、タブレットを受けとる。あらためてGPSを確認するとやはり現在地はバルカ領内を示している。

その様子を見ながら、隊長は言った。「お前らの位置情報は、我が国の軍事衛星を金も払わず無断で使用しているということは承知しているんだろうな」

「……」

「こうなることを想定し、前日から位置情報が五百メートルずれるようにプログラムしてある」

「……なに？」

隊長はスマホを耳に当てたまま、無線に向かって言った。

「位置情報を戻せ」

チンギスの持つタブレットに表示されていた現在位置が、一瞬にしてモンゴル領内へと移動した。

「バ……バカな……」

顔色を変えるチンギスを見て、野崎とドラムが微笑む。乃木と薫は唖然としている。

スピーカーから隊長の怒号が響いてきた。

「領土侵犯だ！　今すぐそこから立ち去れ！」

絶句したまま動けないチンギスを見て、隊長は言った。

「撃て」

後ろに控えた戦車の主砲が火を放ち、ふたたび百メートルほど後方に着弾した。地響きのなか、野崎がチンギスに声をかける。

「おい、チンギス。お前が引き金で国際問題に発展するぞ」

「くっ……」

隊長が手を振って指示を出し、威嚇砲撃は続く。

たまらずチンギスがスマホに叫んだ。

「わかった！　わかった！　こいつらはくれてやる」

隊長が手を下ろし、砲撃はやんだ。

チンギスは電話を切ると、野崎をにらみつけた。

「日本人！……この借りは必ず返すからな！　手錠を外せ」

部下に手錠を外すよう指示を出すと、憤怒の表情で乃木を一瞥し、チンギスは去っていった。

バルカ警察が立ち去るのを見届け、モンゴル国境警備隊の戦車も丘の上から動きだす。軍用ジープだけが逆方向のこちらへと向かってきている。戦車の上から手を振る隊長に応えていると、一同の前にジープが停まった。

運転席から降りてきたのは新庄だった。

「新庄、ご苦労だった」と野崎がいたわる。

「野崎さん……皆さんもご無事で」

感慨深げに皆を見回し、新庄はペットボトルの水を渡していく。ジープの横に車座に座り、三人はのどを鳴らしながら水を飲んだ。

自分の分を一気に飲み干したドラムは、新庄からさらに水をもらいラクダたちのもとへ駆けていく。

人心地つくと、野崎は言った。

「驚いた。まさか位置情報をずらしているとはな」

新庄はニヤッと微笑んだ。

「ずらしてなんていません」

「は？」

「実は」と新庄が地面を叩く。「ここはまだバルカ領です」

「え⁉」

「モンゴル大使の力を借りて、あの五分間だけ衛星に嘘の補正を加えてもらったんです」

「そうか」と野崎が頼もしそうに笑みを漏らす。

「さあ急ぎましょう。この時間ならまだ成田行きの便に間に合います」

「ああ」と野崎は腰を上げた。

乃木が手を貸し、薫を立たせる。しかし、ふたりは立ち上がったまま動かない。

「どうした？」

ふたりの視線を追い、新庄が言った。

「ラクダですか？」

うなずき、乃木は言った。「僕らの命があるのも彼らのおかげです」

「この子たちは？」と薫は、ラクダがどうなるのかを心配して訊ねる。

「しかし、よくアド砂漠を渡り切りましたね。優秀なラクダだ」

乃木は強くうなずいた。

野崎はラクダに水を飲ませているドラムのもとへ行き、何ごとか話しはじめる。一緒に戻ると、ふたりに言った。

「ラクダはドラムがウランバートルまで連れていく」

乃木と薫は安堵し、顔を見合わせる。

「新庄、ドラムに金を渡してやってくれ。こいつはもうバルカには戻れねえ。だからジャミーンと一緒に護衛として日本に来させる。それに十分な費用を渡してやりたい」

「ジャミーンの護衛⁉」

顔を輝かせる薫に、ドラムがうなずく。

「わかりました。彼は優秀なエージェントです。特別に就労ビザを発行してもらえるように掛け合います」

「すまない」

乃木と薫がドラムに向き合い、心からの感謝を伝える。感極まって、ドラムはふたりを強く抱きしめた。その怪力に、「苦しいって」と薫が笑う。

ふたりを離し、ドラムは野崎に微笑む。

「日本に来たら、またいろいろと手伝ってもらうからな」

うなずき、ドラムは野崎とハグ。薫と乃木はラクダたちのもとへと向かう。

「あなたたちとはここでお別れだけど、一生この恩は忘れない」

「ありがとう。元気で……」

※

日本へと向かう機内、窓際で顔に泥をつけたままの薫がシートに身体を預け、口を大きく開けて爆睡している。出発時刻ギリギリで飛び乗ったから、着替える暇も汚れを落とす時間もなかったのだ。

通路をはさんだ席では野崎がモバイルパソコンの汚れを拭いている。野崎の周りには顔や身体の汚れを落とすのに使ったウェットティッシュが山積みだ。隣に座った乃木がタオルで顔を拭きながら、「野崎さん」と声をかけた。

「あー？」

「共同戦線って？　僕はこれから何を？」

「そうだな、まずは……耐えろ」

「え？」

「帰国後すぐに会社の連中から徹底的に追及を受けるだろう」

「……たぶん」

「とにかく『やってない』の一点張りで通せ。捜査の準備ができたら、すぐに連絡を入れる」

野崎はパソコンを起動し、今回の誤送金に関わっている丸菱商事のメンバー、水上、宇佐美、太田、長野、原のプロフィールを呼び出した。

「誤送金をお前になすりつけた奴は、この五人の中にいる」

「……その裏の顔が『テント』に協力するモニター、なんですよね」

「そのことなんだがな。実はほかの可能性も考えてる」

「ほかの可能性？」

「『別班』という可能性だ」

「……別班……」

「ああ」

「『別班』が誤送金を企てたってことですか？」

うなずき、野崎は言った。「『別班』が得体の知れない組織である『テント』にあえて大金を送ることで、その実態を炙り出そうとした……」

「……でも、そのお金を悪用されてしまったら、本末転倒じゃないですか？」

「奴らは目的のためなら手段を選ばない。法律もモラルも関係ない。何しろ存在自体が法に触れるんだからな」

「……」

「ただ一つわかっているのは、奴らもまた日本を守るために命を懸けているということだ。そこは俺たちと変わらない。やり方が違うだけでな」

「……」

「いいか。『テント』のことは口に出すなよ」

「なぜですか？」

「身の安全のためには、何も知らないバカなふりをしとくのが一番だ」

「……」


成田空港に到着し、一同が入国審査カウンターの長い列に並ぼうとすると、スーツ姿の屈強な男たちが突然近寄ってきた。身構える乃木を無視し、男たちは野崎の前に立つ。公安部外事第四課の部下たちだった。一番年かさの鈴木祥（すずきしょう）が、「お疲れさまでした。すぐ入国できるようにしてあります」とうながす。

野崎は乃木と薫を振り向き、言った。

「行くぞ」

特別待遇にふたりは驚く。

先導されて歩きだすや、野崎は部下たちに言った。

「おい、金出せ」

部下たちはなんの迷いもなく財布を出す。唐突に展開される国家公務員の恐喝案件に乃木と薫はギョッとする。野崎は彼らの財布から一万円札を計六枚抜き取ると、三万ずつに分け、ふたりに差し出した。

「え？　これは……」

戸惑う薫に野崎は言った。

「お前ら、スッカラカンだろ。持ってけ」

優しいのかひどいのかよくわからない人だ……。

到着ロビーに出ると、「じゃあな」と野崎はあっさり立ち去ろうとする。

「あの！」と薫が呼び止めた。

「？」

「なんだかんだ言っても、こうやって無事に帰ってこれたのは野崎さんのおかげです。本当にお世話になりました」

あらたまって頭を下げる薫に続き、乃木も深々と腰を折る。

「ありがとうございました」

「職務を全うしただけだ。乃木、また連絡する」

軽く手を上げ、野崎は部下を引き連れて去っていった。

雑踏の中にその姿が消えると、ふいに薫が言った。

「ねえ、連絡先教えてくれる?」

「え?」

少しドキドキしながら、乃木は言った。

「あ、前に渡した名刺に――」

「野崎さんの」と薫がかぶせる。「聞いてますよね?」

あ、そっちか……。

「ああ、はい一応」

「教えてくれますか? ちゃんとお礼したいんで」

『おい、マジかよ、この女』

頭の中でFのはしゃぎ声が響きはじめる。

『アディエル死んだばっかりなのに、もう野崎に行くのか？』

額を押さえ、Fを追い出そうとしていると、背後から声をかけられた。

「乃木さんですね」

乃木と薫が同時に振り向く。銀縁のいやらしい眼鏡をかけたスーツ姿の四十男が立っていた。髪の毛は神経質に分けられている。

「業務監査部の河合です」と乃木に社員証を見せ、「お疲れのところ申し訳ありませんが、今からご同行願えますか」とうながす。

「いや、でも帰国したばかりで、これですし」と薄汚れたムスリムの衣装を指し、「いったん帰ってから」と乃木はやんわり拒否する。

「そのままで構いません。家に帰ったら証拠を隠滅されるかもしれませんし」

「！」

「さ、参りましょう」と腕を取り、河合は乃木を連れていこうとする。

「薫さん、すみません。また！」

「乃木さん。……頑張って」

乃木は返事の代わりに軽くうなずいた。

引っ立てられていく乃木の後ろ姿を、薫はじっと見送っていた。

河合と一緒にエントランスに足を踏み入れるや、乃木は居合わせた人々の好奇の視線を一身に浴びた。それはそうだろう。真っ黒に日焼けしたイスラム教徒の格好の男が、突然会社に入ってきたのだから。

顔を伏せ、そそくさと突っ切ろうとする乃木に誰かが声をかけてきた。

「乃木⁉ お前、乃木か！」

宇佐美だった。

「すみません。着替える暇が」

すぐに視線をそらし、宇佐美は言った。

「まあいい。専務がお待ちだ。行くぞ」

専務室で長野と対峙した乃木は、バルカで判明した事実を簡潔に説明していく。もちろん、『テント』や『別班』については何も口にしなかった。野崎の忠告に従ったというよりも、あまりにも話が壮大になりすぎて、到底信じてもらえないと判断したのだ。

ひと通り話を聞いた河合が、今度は監査部の見解を乃木に語りはじめる。

「誤送金が起きた二月九日二十時二十三分十七秒、一千万ドルを一億ドルに書き換えが行われた水上君のパソコンを触っていたのは……乃木さん、あなたしかいません」

　これが決定的な証拠だとばかりに、監視カメラ映像を再生させる。

「待ってください。たしかにこのとき、送信ボタンは押しました。でも、金額は一切変えていません」と乃木は反論する。

「では、なぜこんなことが起こるんですか」

「さあ、それは私にも……」

「あなたの報告によると、最後にお金を受け取ったザイールという男が自爆テロを起こして死亡し、そこで資金回収は不可能になったと」

「はい」

「つまり、弊社の百四十億はテロ組織にまんまと持ち逃げされたと……」

　言いながら河合は笑った。「まるで映画だ」

「……」

「そんな都合のいい話、あるわけないだろう！」と声を荒らげる。

「事実は事実です」

「失礼ながら、あなたは同期の中でも課長職に昇進したのが一番遅い。この先定年までいたところで、役員になれる可能性はゼロ。生涯年収はたかが知れています」

「だから、なんなんですか？」

「いえね、どうしても想像してしまうんですよ。将来に絶望したあなたがGFL社のアリさんと共謀し、横領を仕組んだんじゃないか……とね」

山本の言ったとおりだ。監査部は自ら描いた筋書きに俺をハメようとしている……。

乃木が危機感を募らせたとき、長野が口をはさんだ。

「河合君、言いすぎだ。憶測で決めつけるのはよくない」

「失礼いたしました。ただ、これが憶測かどうかは証拠を目にしないことには判断できません。そのため、乃木さんには物的調査にご協力いただきたい」

「物的調査？」

怪訝な顔になる乃木に長野が言った。

「乃木、悪いが全面的に協力してくれ」

専務にそう言われたら、うなずかざるをえない。

自宅近くの神社の本殿に手を合わせ、乃木が熱心に祈っている。背後では河合と監査部の部下二名が、参拝が終わるのを待っている。

「お待たせしました」と乃木が踵を返し、歩きだす。「家はすぐそこです」

「……最後は神頼みですか」

皮肉る河合に、「毎日欠かさず行う習慣なんで」と返し、乃木は出口付近の小さな祠にチラと目をやった。


下町の古い平屋の日本家屋で乃木は暮らしている。外観も内装も置かれている家具も昭和の匂いがする、時代に取り残されたような家だ。

その家が今、監査部の面々によって徹底的に家探しされている。不愉快さが顔に出ないようにとりつくろい、乃木は河合に預金通帳を差し出した。

「河合君、通帳です」

「すみませんが財布とスマホもお願いします。クレジットカードの使用履歴も拝見したいので、ご協力を」

「正気ですか？　さすがにやりすぎでしょう」と乃木の声がとがる。

「あなたこそ、ご自分の立場をわかってるんですか？　これは百四十億円の損失を招く詐欺事件の可能性があり、あなたはその容疑者なんですよ」

「……財布はバルカで盗まれました。カードの履歴はネットで見てください。パスワードはこれです」

乃木はメモを見せてから、スマホを河合に渡した。

「結構です。調査には数日かかりますので」

「こんなことしても、何も出てきませんよ」

「それはこちらで判断します」

「……」

監査部一行を見送って居間に戻ったとき、頭の奥が痛みだした。顔を上げると、ちゃぶ台の前にFが座っていた。

『クソ、ムカつくな!』

「状況証拠だけ見たら俺を疑って当然だけど、あの態度はないよね」

『チッ』とFは舌打ちする。

「なあF、この件が収まるまで出てこないでくれ。頼む」

『なに言ってんだ。いつだって俺を呼んでるのはお前のほうじゃないか』

「……」

Fは立ち上がると乃木に顔を寄せた。

『いいか。例の五人、明日から徹底的に探るんだぞ』

※

公安部外事第四課、深夜にもかかわらず数人の課員が忙しなく働いている。自分のデスクについた野崎は、五人の容疑者たちの身辺調査結果から何かを見いだそうとパソコンモニターをじっと見つめている。

そこに部長の佐野雄太郎が入ってきた。野崎に向かって険しい表情で手を横に振る。

「奥の手を使ったが、奴が自衛隊に入隊した記録は出てこなかった」

「『別班』の人間は完璧に経歴を消されますから」

「その頃入隊した隊員がプライベートで撮った写真とか残ってるかもしれん。調べてみるわ」

「お願いします」

「今回の誤送金、『別班』の仕業ならこいつ」と佐野はモニターに映っている長野を指さし、「ほかの四人の場合はモニターか」と続ける。

「ええ。全員可能性は十分あります。だとすればこの捜査、普通のやり方じゃ限界があります」

「そうだな」

「サイバー対策のあいつ、借りられませんか？」

「……あいつ？」と佐野は記憶をめぐらせる。「あ、あいつか」と限りなく嫌そうな顔をしながら答えた。

翌日、野崎から会社に電話がかかってきた。乃木はスマホを没収されたのでどうしようかと思っていたが、まさか直電してくるとは……。

「昼休み中悪いが、五人の様子はどうだった？」

「様子？」

「五人はお前に対して、どんな対応だったかと聞いてんだ！」

「はい！　宇佐美部長ですが、今朝の会議で……」

思い出し、乃木の気分が悪くなる。

自分を見るなり、「乃木は退出してくれ」と言い放ったのだ。監査部の調査結果が出るまで休んでいろと会議室を追い出された。

「完全に僕を犯人扱いです。でも逆に僕を避けてるような気もするんです」

「避ける？」

「一回も目を合わせようとはしませんでした」

「ほー。で、部下の水上のほうは？」

「彼だけですよ。僕を無実だと思ってくれてるのは。いろいろ気を遣ってくれてます」

「ふーん」

「次に太田さんなんですが……彼女に話を聞こうとしたら、突然、原さんが割り込んできたんですよ。太田さんにも自分の立場を考えろなんて釘を刺して……逆に僕が原さんに監視されているような気がしました」

「なるほど」

「僕としては、原さんと宇佐美部長のふたりに集中してもいいかなと思うんですが」

「長野は？」

「専務ですよ。役員フロアにはなかなか立ち入り――」

そのとき、「課長」と部下の立石が声をかけてきた。「長野専務からお電話です」

「！……すみません、かけ直します」

その夜、乃木は料亭の座敷で長野と向き合っていた。腹を割って話がしたいと長野から誘われたのだ。

「残念だが、社のほとんどが君がやったと思ってる」

「やはりそうですか……」と乃木は表情を曇らせる。

「私は違うがね」

「え？」

空いた乃木のグラスに酒を注ぎ、「しかし」と長野は続ける。

「実際のところ誤送金の金を取り返すか、真犯人を見つけるか、君が生き残る道はその二つしかない」

「……はい」

「その自爆したっていう男の口座を探るとか、何かしら方法はないのか」

「そうしたいのはやまやまですが、金はすべて宝石に換えられています。ザイールが死に、アマン建設も破壊されてしまった今、宝石の行方を追うのは不可能かと……」

「ザイールか……その男、どんな様子だった？　何か手がかり残さなかったか？」

少し考え、乃木は言った。

「そういえば、僕のことを誰かと間違えたようでした」

「誰と？　誰と間違えたんだ？」

「……それが、モンゴル語がうまく聞き取れなくて」

「そうか。それで、そのザイールがいたっていうアマン建設はどんなだったんだ?」

「……どんなと言われましても。バルカのセドルという町にありまして」

適当に会話を続けていると、頭の片隅からFが語りかけてきた。

『なんなんだ、こいつ。やたらといろいろ聞いてくるな。何が狙いなんだ?』

「……」


帰宅すると、今度は家電に野崎からの着信があった。乃木は今夜の長野との会合について報告する。

「長野が?」

「はい。狙いはわかりませんが……もしかしたら、『別班』のほうかもしれないなって」

「また連絡する」

電話を切ると、野崎は宇佐美と原の写真の横に長野の写真を並べた。

怪しいのはこの三人……。

日本医療センターの外科病棟、診察を終えた乃木がロビーとは逆方向へと歩いていく。

案内板で小児心臓外科の場所を確かめていると、頭の奥がズキンと痛んだ。

『やめとけって。傷つくだけだぞ』とFがささやく。

「しばらく出てこないでくれって頼んだよね」

『あいつは絶対、野崎に気がある。しかもアディエルが死んだ途端乗り換えたんだぞ。お前の手に負えるような女じゃ――』

「乃木さん！」

弾んだような声がFの言葉をさえぎった。

白衣姿の薫が、微笑みながらこちらに歩いてくる。

「検査ですか？」

「はい、一応。でも、おかげさまで異常なしでした」

「よかった！」

「薫さんこそ、その格好もしかして」

「はい！　ここで再就職させてもらえることになりました。ジャミーンもここで受け入れます」

「そうですか」と乃木が微笑む。「ジャミーンも喜びますね。もうこっちに来る日取りは決まったんですか？」

「はい。五日に」

「よかった。僕も空港に迎えに行きますね」

「ぜひ。野崎さんにも伝えておいてください」

「！」

乃木の表情がわずかにこわばった気がして、「？」と薫がうかがう。

「あ、そうだ。野崎さんの連絡先……あー、今スマホ取り上げられてるんだ」

「また今度でいいです」

「……あの」

「はい」

「あ、やっぱりいいです」

「なんですか？　言ってください」

「……もしかして、野崎さんのこと？」

「……え？」

何を言われてもいいと覚悟を決め、乃木は薫をじっと見つめる。

「まあ、気になるといえば気になるんですが……」

やっぱり……と乃木は肩を落とした。

「？　どうしたんですか？」

「あの……」

口を開きかけたとき、殴られたように頭に痛みが走った。

『おい、やめろ！』

しかし、乃木は続けた。

「もうアディエルさんのことは吹っ切れたんですか？」

「え？　アディエル？」

乃木の真剣な表情を見て、ようやく薫は気がついた。どうやらとんでもない誤解をしているようだ。

「あれはウソ」と薫は笑った。

「へえ、ウソ……ウソ⁉」

「だって、あのときはああでも言わないと野崎さんを説得できなかったでしょ？」

「……ハ、ハハ」

「でも恋愛感情とは違うけど、アディエルとジャミーンと一緒にいて幸せだったたっていうのはウソじゃない。ふたりは私にとって家族同然だった。だから、なんとしてもジャミーンを助けたいんです」

「……」

「今はそのことで精一杯で、誰かを好きになる余裕なんかありません」

「……そうだったんですね」

「世界医療機構に参加するって決めたときから、覚悟はできてます」

「素敵です」

「……え？」

「あ、変な意味じゃなくて……素敵な生き方だと思います」

パッと花が咲いたように薫は笑った。

「ありがとうございます」

「ちなみに……あの……野崎さんのことは……」

「え？」

「気になるって……」

「あー、それはただ警察に知り合いが欲しかっただけです。バルカであんなことになっちゃって、何かと心強いなーって」

「俺のこと何か言ってんのか？」

後ろから聞こえてきた声に、ふたりは驚き、振り返る。

「野崎さん！」

野崎は乃木にスマホを差し出した。

「新しいスマホだ。連絡取れないと不便でしょうがない」

「聞いてたんですか？　今の話」

黙ったまま否定も肯定もしない野崎を薫がにらむ。

「悪趣味」

「しかし、よくここがわかりましたね」

「警護させてたからな」と野崎は外を指さす。正面玄関のガラス越しに鈴木の姿が見えた。

「！」

「乃木、このあとちょっと付き合え」


野崎に連れていかれたのは月島のもんじゃ焼き店だった。貸し切りの札のかかった扉を開けると、がらんとした店内でラガーシャツを着た小柄な三十男がひとり、テーブルについている。入ってきた野崎に、男が訊ねる。

「明太、チーズ、もちダブルだけどいいよね」

「イカ」

「女将さん、イカ追加」

厨房から「はーい」と女将が答える。

「こいつは警視庁サイバー犯罪対策課、東条だ」

野崎に紹介され、東条翔太がペコリと頭を下げる。

「丸菱商事、乃木と申します」と乃木は名刺を差し出した。雑に片手で受け取り、東条が言った。

「さっそく本題に入っていいかな」

「頼む」

野崎と乃木が向き合うように東条の前に座る。

「乃木さんさ、あんた誤送金の申請フォーム、送信ボタン押しただけって言い張ってんだって？」と責めるように乃木に言い放つ。

「はい。そうですけど……」

「ウソ言っちゃ駄目だろ」

「いや、本当です。誓ってウソなんて」

「ウソだよ。だってそんなのシステム見りゃわかる」

「え……?」

「東条はホワイトハッカーなんだ」

　野崎が口を開いたとき、女将が追加のイカを運んできた。東条はボウルに汁とキャベツだけを残し、具材を焼きはじめる。野崎は説明を続ける。

「要は警察として国や企業のネットワークを監視し、サイバー攻撃から守るハッカーのことだ。東条には、丸菱商事の送金処理システムの仕組みを調査し、誤送金の原因を調べてもらった」

「隈（くま）なく見たけど、完璧あんたの仕業だよ。あんたが一億ドルで送金申請したんだろ」

「違います！　僕は本当にやってないんです！　金額はたしかに一千万ドル、一切触ってません」

　必死に潔白を訴える乃木の表情を、東条がじっとうかがう。

「……本当なんだな」

「はい」

「ってことは……考えられるのは一つか」

「?」

「システムそのものが何者かによって改ざんされた。が、表向きはわからないようにうまく隠してある」

「そんなことできんのか?」と野崎が訊ねる。

「まあ普通は無理だ。でも世界には、俺なんかが足もとにも及ばない伝説のハッカーが何人かいる。彼らは不可能を可能にする神だ」

「そんな神様が、あの五人の中にいるんですか?」

乃木はあらためて五人の顔を思い浮かべるが、とても信じられない。

「それ、たどれるか?」

野崎に訊かれ、東条は即答した。

「たどれないね。彼らは絶対に足跡を残さない」

だったら、おしまいだ……。

呆然とする乃木に、東条はふっと笑みを浮かべる。

「普通ならね」

「え?」

「でもこのシステムは、誰がいつ何をしたのか、すべてのデータがリアルタイムで別のサーバーにコピーされるようになっている。そのことは作った人間しか知らないけどね」

「なんでお前が知ってんだ?」

「俺が作ったからだよ」と東条が得意げに野崎に返す。

「⁉」

「警察にヘッドハンティングされる前にやった仕事の一つだ。自分以外は絶対に破られないシステムを作ったつもりだったが、こいつはいとも簡単に入り込んだ。やはり神だ。でも、そんな神様でも別のサーバーに履歴がコピーされてるってことまでは気づいてないはずだ」

焼けた具材にキャベツを混ぜ、土手を作りながら早口でまくし立てる東条に、野崎は内心で苦笑する。

「じゃあ、すぐにそのデータを確認してください」

前のめりになる乃木に、東条は首を振った。

「これは外部からアクセスできない完全防備のサーバーだ。だから神にも気づかれずに済んでる」

「じゃあ、警察がそのサーバーを捜査してくれたら――」

すぐに野崎がさえぎった。

「不可能だ」

「え？」

「令状をとるのには時間がかかる。そもそも誤送金と『テント』を直接結びつけられる物証がない以上、公安で令状をとるのも難しい」

「じゃあ、どうすれば……」

「丸菱商事のデータセンターの中にあるサーバールームに行って、そのデータをコピーしてくるしかない」

東条が答え、野崎は乃木を指さす。

「ぼ、僕ですか？　それって犯罪じゃあ」

「心配するな。バレなければ大丈夫だ」

「警察官のセリフですか」と乃木はあきれる。

「真犯人を見つけられないと、お前はどうなるんだ？」

それを言われたら、乃木にはもう選択肢は残されていない。

承知し、がっくりと肩を落とした。

「問題はどうやって中に入るかだ」

気を取り直し、乃木が野崎に答える。

「入室権限があるのは情報システム部の人間だけです」

「協力してくれそうな奴はいないのか？　信頼できる人間は」

考え、ひとり思いついた。

※

皇居外苑の堀前のベンチに乃木と山本が並んで座っている。

同期として二十年近く一緒に働いてきた仲だ。窮状を訴えればきっと協力してくれる。少なくとも自分なら手を差し伸べる。だったら、こいつも……。

そんな期待を抱き、乃木は山本を呼び出していた。

「実は俺、バルカで日本の諜報員に間違えられてさ」

乃木はそう切り出した。

「諜報員？　ていうと公安か……『別班』ってのもあるよな」

「ええ！　知ってるの？『別班』なんて」

「ああ。自衛隊の秘密組織で、特別な才能のある奴らだけが入れるんだろ？」

「詳しいな」

「都市伝説みたいだけど結構そういうの好きで、ネットで調べたことあるんだよ」

照れ笑いを浮かべる山本に、乃木が言った。

「その『別班』に間違われたんだ。テロ組織の幹部に」

「は⁉」

「そのあと爆破事件は起きるわ、爆破犯として指名手配されるわ、もう大変で……」

「マジかよ⁉」

「そのとき僕を助けてくれたのが公安の野崎さんという人で……その人のおかげで日本に帰ってこれたんだ」

「へ――――」

とても現実とは思えないような同僚の冒険譚を、山本は特に疑う素振りもなく大げさに感心してみせる。

「野崎さんたちもそのテロ組織を追っていて……その命の恩人の頼みなんだ。元情報システム部ということで、サーバールームになんとか入れないかな？」

「うーん……まあ、やり方によっちゃ、だな」

「！」

「例えば、情報システム部に行って、ネット接続がおかしいから調べてほしいって頼むとするだろ。でも、あそこは常に人手不足だから、元情シスの俺が代わりに見てこようかって言ったら、喜んで入室許可を出してくれると思うんだ」

「本当か⁉」

「だが、お前が今、社内でどういう立場なのかも聞いてる。バレたら俺もただじゃ済まない」

「……そうだよな……」

うなだれる乃木に山本は言った。

「お前に脅されて、仕方なく協力したことにする」

「え……？」

「それでいいか？」

「ああ、構わない。恩に着るよ、山本！」

「仕事抜きで話ができる同期は、お前くらいだからな。居てもらわないと困る」

乃木の胸にじんわりと熱いものが込み上げてくる。

「……ありがとう」


その夜、乃木と山本は公安部特別仕様のバンの車中にいた。停車しているのは巨大なコンクリートブロックのような丸菱商事のデータセンターの真裏。複数のモニターとパソコンが設置された車内には、もちろん野崎と東条の姿もある。

「じゃ、手順をおさらいしようか」

　東条が口を開くと、やや緊張した顔で乃木と山本がうなずく。

「まず、今回の目的はサーバーの情報を抜いてくることだ。方法は簡単。これをサーバーに挿すだけでいい」

　そう言って、東条はUSBケーブルがつながったスマホを乃木に渡す。

「中には情報抽出ソフトが入ってる。サーバーに挿せば、勝手に全部盗み出してくれる」

「わかりました」

「問題は、どうやってサーバーまでたどり着くかだ。知ってのとおり、目標地点までセキュリティ面で突破しなきゃならないハードルがいくつかある。まず一階ロビー。エレベーター前ゲートだ。ここは簡単。社員証を持ってさえいれば誰でも通過できる」

　乃木と山本がうなずく。

「そんでエレベーターでサーバールームがある三階へ上がっていくんだが、問題はここからだ。三階に着くとサーバールームに通じる長い廊下があって、監視カメラが全部で四台設置されている」

「これだ」と東条はハッキングした監視カメラ映像が映るモニターを示す。四分割されたモニターには視点違いで無機質な長い廊下が映し出されている。

「その廊下をひたすら約百メートル歩いて、突き当たりを左に曲がるとサーバールームへの入口がある。その手前にサーバールームだけを監視する警備室。そこに映し出されるいくつもの監視カメラをかいくぐり、分厚いドアの向こうにあるサーバールームに忍び込まないとデータは獲ってこれないってことよ」

「ちょ、ちょっと待ってください！」

「なんだ？」と野崎が乃木に目をやる。

「あの……これ、僕が行く必要ありますかね？　山本は入室権限があるんですよね？なら、僕が入室しなくても山本が正々堂々サーバールームに入室して、データを獲ってきてくれれば……」

「いや、それは駄目だ。この計画はふたりいないと成り立たない」

納得いかない乃木に向かって、東条が説明していく。

「俺が仕込んだサーバーは、サーバールームの一番奥の特別ルームにある。山本さん、ここに入る権限があるのは？」

「情報システム部の部長だけです」

「え、山本も入れないのか」

「ああ」と山本が乃木にうなずく。

「その上、中には監視カメラもしっかりついていて、その映像を常に警備員が監視をしている。つまり、山本さんがこの特別ルームに勝手に入ったら、即バレ即アウト。だから監視カメラの映像をダミー映像と切り替える必要があるんだ」

「……」

「問題は映像が切り替わる瞬間だ。どうしてもその一瞬だけモニター画面が落ちる。その間、警備員の目が画面に向かないよう、引きつけておいてもらう必要がある」

「つまり」と野崎が話をまとめる。「中に入る人間と警備員の目を引きつける人間。ふたりが必要ってのはそういうことだ」

「なるほど……」

レクチャーが終わり、ふたりはバンを出た。


三階の警備室の受付カウンターに紙袋を手にした山本がやってくる。警備室の中に常駐するスタッフは橋本(はしもと)と柴田(しばた)のふたり。今は受付に短髪の橋本が、監視カメラのモニター前に眼鏡をかけた柴田がいる。

「こんばんは」と山本が受付の橋本に声をかける。

「山本さん！　久しぶりですね」

「ホント、異動してどれくらい経つかな」

「情シスから話は聞いています。大変ですね」

「いや、あそこも人が足りないらしくて。あ、これ委任状と入室許可証です。橋本さんも柴田さんも相変わらず元気そうで」

山本が警備員を引きつけている間に、乃木は廊下の手前にたどり着いた。監視カメラの画角から外れる場所に身をひそめる。

「乃木、着いたか？」

インカムから野崎の声が聞こえてきた。

「はい」

乃木の答えを聞き、野崎は山本に指示を入れる。

「山本さん、乃木が着いた。そろそろお土産を」

ちょうど橋本から入室許可が出たところだった。

「あ、そうだ。これ、よかったら」と山本は橋本に紙袋を差し出した。「ちょうど出張で名古屋に行ってたんで、お土産です」

「いいんですか？　おい、柴田」

柴田が席を立った。モニター前から離れ、山本のほうへとやって来る。

「今だ」

野崎の合図を受け、東条が警備室の監視カメラ映像を差し替える。警備員ふたりが背を向けるなか、廊下を映していた映像が切り替わる。山本は思わず息を呑んだ。

「乃木、行け」

「はい」

乃木は小走りで廊下を進んでいく。

山本は警備員たちの注意をそらすべく会話を続ける。

「しかし大変ですよね、おふたり。今日も夜通し仕事でしょ？」

「そうなんですよ。夜がキツいんですよね」

「速度落とせ」

野崎の指示に従って歩みをゆるめながら、乃木は東条のレクチャーを思い起こす。

実際の監視カメラ映像を示し、東条が説明していく。

「いいか？　ここには二台の監視カメラがある。特にこっちは入室する人の顔を押さえるために設置してあるんで画角がタイトだ。そのため隙間ができている。ちょうどここ、この地点が監視カメラの唯一の死角になる場所だ」

うなずきながら、乃木が素朴な疑問をぶつけた。

「そんな面倒なことするより、僕がいない映像に切り替えてくればいいのに」

「バカチン」と野崎がツッコむ。

「そしたら、ここにいるはずの俺も消えちゃうだろ」

「あー、たしかに」と乃木が山本にうなずく。「でも、こんな危ない思いまでして、なんで近くに待機しなきゃいけないんですか？ 映らない廊下にいても――」

「サーバールームのドアが全開から閉まるまで約七秒だ。廊下にいたら間に合わない。なるべく近くに待機したい」

「なるほど」


よし、もうすぐ例の死角に入る。忍び足で乃木が警備室前へと近づいていく。

「そこ！ 止まれ！」

インカムに野崎の声が響く。乃木はピタッと動きを止めた。

「駄目だ。もう少し奥」

乃木はそろそろと後ろに下がる。

「よし、そこ！　ストップ」

その場に固まり、乃木は息をひそめる。まるでだるまさんが転んだ状態だが、こっちは必死だ。ここは監視カメラからは死角になるが、受付から警備員が少しでも身を乗り出したら、見つかってしまう。

山本と話が盛り上がっている警備員の背中を見つめながら、乃木は振り向くなよと念を送る。

「山本さん、いつでも」

野崎の声を聞き、山本は腕時計に目をやった。

「お、そろそろ行かないと」

「じゃ、ロック解除しますね」

「どうも」

橋本がロック解除の暗証番号を押し、柴田はモニターの前へと戻っていく。

ロックが外れる音を確認し、山本はサーバールームのドアの前へ移動した。

サーバールームのドアの前に立つ山本の姿を、東条と野崎もモニターで見守る。

「そう、ドアを思い切り開けて。はい」

東条の合図で山本はドアを全開にし、柴田に声をかけた。

「あー、柴田さん。ここの設備詳しかったよね」

「ええ」と柴田が振り向いた。

「コンソール接続用の端末って、まだ中に置いてあったよね？」

柴田がモニター前を離れ、橋本の隣までやって来た。

「あー、それが一年前からご自身で持ち込んでいただくことになったんですよ」

「え、そうなの」

山本がドアから手を離し、警備室の前に戻っていく。

野崎の声に反応し、乃木はうまく身体を滑らせ警備室のカウンターの下を通り抜けていく。乃木に向けて、東条がカウントダウンを始める。

「乃木、今だ！」

「七……六……」

山本はふたりの警備員と話しながらモニター画面を確認する。警備室を映したカメラには、カウンターの下を這い進む乃木の姿がばっちり映っている。

「五……四……三……二」

ドアはすでに閉まりはじめ、入口の隙間は細く狭くなっていく。そのわずかな隙間に乃木が身体を滑り込ませた。

「―!」

ドアが閉まり、乃木の姿が見えなくなった。

「ふ―――」と大きく息を吐き、山本はサーバールームのカメラ映像を確認する。差し替わっているはずの映像に、なぜか乃木が映っていた。

「!」

くるくる変わる山本の表情を見て、橋本が訊ねた。

「どうかしましたか?」

「え?」

橋本は山本の視線を追って、モニターを振り返った。

ヤバい……!

その瞬間、映像が切り替わり乃木の姿が消えた。誰もいないサーバールームの映像を確認し、橋本は小さく首をひねる。

バンの車中では野崎が大きく息をつき、東条は冷や汗をかいていた。

「あっぶねー」

安堵のあまりゆるみそうになる頰をどうにか引き締め、山本は言った。

「じゃあ、車に取りにいってきます。すいません、せっかく開けてもらったのに」

「いえいえ、全然です。お待ちしてます」

　警備員のふたりに頭を下げ、山本は警備室を出ていく。

　緊張感から解放され、床にペタンと腰を落としている乃木に、野崎の声が飛ぶ。

「乃木、いつまで休んでんだ。行くぞ」

「……はい」

　立ち上がり、広い部屋の中央に歩み出た乃木は、サーバーラックが整然と並ぶその光景に思わず息を呑んだ。

「こんなに大きかったんだ」

「時間ないぞ」

　乃木は巨大な墓標のようなサーバーラックの間を駆け抜けていく。突き当たりの角を曲がり、最奥の扉の前にたどり着いた。

「特別ルームに着きました！」

「カード挿して」

　ドアロックの挿し込み口に東条から渡されたカードを挿す。すぐにパスワード解除システムが作動し、数字が一文字ずつ表示されていく。あっという間に九桁すべてそろい、ロックが解除された。

「開いた」

インカムから東条の弾んだ声が聞こえてきた。

「よし！」

特別ルームにもやはりサーバーラックが並んでいる。

「どのサーバーですか？」

「SLEの5217」

乃木はサーバーに記された番号を一つひとつ確認していく。

「5217……5217……」

モニターで乃木の様子を確認していた東条がハッとした。特別ルームの天井の警告灯が光っているのだ。

「おいおい、マジか！」

「どうした？」と野崎が訊ねる。

キーボードを叩きながら東条が返す。「たぶん、人感センサーが反応したんだ」

「そんなもんあったのか？」

「最近、後付けしたんだろ」

「とにかく止めろ」

「やってるよ」

スピーカーから乃木の声が響いてくる。

「警備室は？　来そうですか？」

野崎が警備室のカメラを確認して、言った。

「まだ大丈夫だ」

乃木はふたたび探しはじめる。一番奥にそれを見つけた。

「５２１７……あった！　これだ」

「ＵＳＢ挿して」

乃木はスマホにつながったＵＳＢケーブルをサーバーに挿す。すぐにプログラムが動きだし、スマホ画面にデータ転送ゲージが現れた。

10％、20％とゲージが増えていく。

「よし！」と野崎が拳を握ったとき、警備室で動きがあった。どうやら特別ルームから発せられているアラームに気づいたようだ。カウンターで橋本と柴田がトランシーバーのチェックをしはじめた。

「ひとり、入ってくるぞ」

「！」

「逃げろ、乃木！　警備員が来る！」

「でも、まだデータが……」

転送ゲージの表示はまだ50％だ。

「いいから逃げろ！」

「今出ても、僕の隠れ場所がありません」

乃木の言葉に野崎はハッとした。東条がキーを叩きながら冷静に言った。

「たしかに、今の状態だとこの警備員が入ってもモニターに映らないから警備室に残った奴に気づかれる。映像をリアルに変えるしかない。しかし、そうしたら今度は乃木の居場所がなくなる」

すぐに野崎が山本に指示を出す。

「山本さん、急いで来てくれ。警備員の注意をモニターから外すんだ」

「はい」

橋本が警備室を出てサーバールームに入っていく。

東条が乃木に言った。「映像をリアルに変えるぞ」

トランシーバーを操作しながら、柴田がモニター前へと戻っていく。誰もいないサーバールームを映していたモニターに突如橋本の姿が現れる。しかし、柴田は気づかない。

転送ゲージは77％。乃木はひたすら待っている。

目線を上げた柴田はモニターに廊下を走る山本の姿を認め、振り返った。

「今だ」と野崎の声が飛ぶ。「乃木、出ろ」

転送ゲージは91％だ。

「あと少し……これで僕の潔白が証明されるんです」

野崎は焦ったようにモニターに目をやる。橋本が突き当たりを曲がろうとしている。

その先はもう特別ルームだ。

「おい、あと五秒ほどで特別ルームが警備員の視界に入る。今すぐ出るんだ。出ないとすべてが水の泡だ」

しかし、乃木からの答えはない。

そのとき、猛然と動きつづけていた東条の指が止まった。

「切れた」

柴田も気づいたようだ。

「アラームがやんだぞ」とトランシーバーで橋本に報告する。

「そうか。でも一応中をチェックする」

「クソッ！　ったく」と毒づき、野崎は大きくのけぞった。半ばあきらめ気味にモニターを見つめる。

「もう駄目だ。乃木、あとは自分でどうにかしろ！　捕まっても公安が関わってることは死んでもしゃべんじゃねーぞ」

「……はい」

「そこの映像、リアルに変えるぞ」

東条の声と同時に、転送ゲージが１００％になった。

警備室では山本が柴田と話しながら、モニターをチェックしている。映像が切り替わり特別ルームに乃木の姿が現れた。ドアのほうへと向かっている。ふいにカメラの死角に入り、その姿が消えた。

「⁉」

やがて、橋本の姿がモニターに現れた。橋本は人感センサーに手をかざす。警備室のアラームがふたたび鳴った。

ふと何かを感じたのか、橋本は天井を見上げた。が、すぐに視線を戻し、トランシーバーを手に取った。

「こちら異常なし。センサーにゴミでもついたのかもしれん。戻ります」

橋本が出ていき、モニターには無人の特別ルームが映し出される。

その映像を野崎が呆然と見つめている。

首をかしげながら東条がつぶやく。

「どこに隠れたんだ」

そのとき、スピーカーから乃木の声が聞こえてきた。

「映像切り替えてください」

東条がダミー映像に切り替え、野崎が叫んだ。

「お前、どこにいるんだ！」

床のパネルを開け、乃木が顔を出す。

どうにか警備員から身を隠し、あとはモニターに映らないことを祈るつもりだった。移動した場所にぽっかりと空いたスペースを見つけた。サーバーを一台、動かしたのだろうか、床のパネルが浮いていた。手をかけ、力を入れると意外にすぐ外れ、その下には身を隠せるだけの空間があった。

乃木はスマホを取り出し、カメラを起動する。スマホに向かって微笑むと、無事を確認した野崎の、安堵の声が聞こえてきた。

「よくやった」

※

何台もの自作パソコンとモニターに囲まれた秘密基地のような部屋を見回し、乃木は感嘆の声を漏らす。「すごい部屋ですね……」

キーボードに向かいながら、東条は背後の野崎に確認する。

「今さらだけどいいんだよね？　丸菱商事のシステムに入って」

「やれ。そのために警察でなく、わざわざここに来たんだ」

「そりゃそうだ」

東条はうなずき、乃木が盗んできたデータの解析を始める。

「へー……そういうこと」

「何かわかったんですか？」

モニターを見ながら東条が乃木に言った。

「あんた、完全にハメられたね」

「？」

「うまく隠されてたけど、サーバーアプリケーションのリブファイルが改ざんされてて、ＨＴＴＰポストデータが置き換わるように――」

「おい」と野崎がさえぎった。「簡潔に」

「だからさ、超簡単に言えば、ＧＦＬ社への送金申請をすると金額欄のゼロが一個増えるように変えられてたってことよ」

これだから素人は、とでも言わんばかりに答える東条。

「！……じゃあ、誰がやっても誤送金が起きるようになってたってことですか」

「そういうこと」

「犯人の目星はつきそうか？」と野崎が訊ねる。

「今ＩＰアドレスを調べてる」

やがて検索結果が画面に表示された。

「出た。ＩＰアドレスは丸菱商事経理部のパソコン。ユーザー名は……原智彦」

「原部長？　まさか……」

「二月七日午前一時三十二分、原のパソコンからシステムに侵入し、改ざんが行われた。それは確実だ」

野崎が続けて指示を出す。「二月六日から七日の原の動向を調べ上げろ」

「はいよ」

東条はいとも簡単に原のパソコンに侵入し、メールやスケジュールを調べていく。その作業を見ながら、乃木の胸には釈然としない思いが広がっていく。

「意外か?」

「原部長はパソコンには疎い方かと思っていたので……」

「だろうな。見ろ」

原に関する調査報告を乃木に渡し、野崎はその内容をそらんじていく。

「京大経済学部出身、経理には強いがコンピューターに関してはズブの素人。少なくともハッキングは無理だ。原がハッカーと組んでやった可能性は否定できないがな」

「だね」と東条も同意する。「原じゃないのは確実。見なよ」

パソコン画面には航空券とホテルの領収書が映っている。

「二月六日から原は福岡出張で出社していない。航空券と滞在したホテルの記録もとれたから間違いないね」

「やっぱりそうか……。犯人は原じゃない。だが、二月七日の夜中、原のパソコンを使った奴がいる。それが誰なのか……」

「あの、社内の監視カメラの映像を見たら映ってませんか?」と乃木が言った。「さっきみたいにハッキングして」

「もうやってる」

東条がキーを乱打し、画面が監視カメラ映像へと切り替わる。

「二月七日、午前一時ちょうどから見るよ」

「音データもあるだろ」と野崎。

「はいよー」

東条は現場の音声も同時に再生する。

経理部のオフィスの一角、原の個室付近からの俯瞰映像だ。早送りしていくと、フードをかぶった人物が画面に入ってきた。

「誰か来た」

少し巻き戻し、東条は再生速度を標準に戻す。するとフードをかぶった人物が持っているスマホから音がする。届いたメールをチェックする人物は、デスクにたどり着く。

「ここ、原部長のデスクです」

「駄目だ。これじゃ誰だか見えないな……」

「ちょっと巻き戻してくれ。あの、スマホの画面が光ったろ、あの辺りだ」

野崎に応え、東条が映像を巻き戻す。

「そこ、止めろ。寄ってくれ！……これだ！」

スマホの明かりに照らされた顔が、窓ガラスに映ったのだ。

「クリアにしてくれ」

東条が窓ガラスの顔にピントを合わせ、画像を拡大していく。徐々に顔がクリアにな
り、その人物が女性だとわかる。

「太田さん……⁉」

乃木が驚きの声を漏らした。

「すぐに太田を取り押さえに向かわせる」

スマホを手にした野崎に東条が言った。

「それ、まずいっしょ」

「は？」

「違法捜査に協力したってなったら、僕の立場はどうなんのよ」

乃木の顔にも不安の影がよぎる。

「心配するな。俺が全責任をとる！」

力強く宣言し、野崎は発信ボタンをタップした。

「全捜査員に伝えろ。至急太田梨歩を確保だ！」

4

『マルヨウ太田梨歩、在宅確認とれました』

『了解。各捜査班宛て、現在時以降、サイレン、赤色灯を禁止とする。所定方針どおりマルヨウ宅直近の公園にて集合後、全車で自宅に転進する』

『二班了解』

『三班了解』

『なおマルヨウにあっては逃亡する可能性がある。特段の注意をされたい。自宅前の道は完全封鎖』

飛び交う無線を覆面パトカーの助手席で、野崎が聞いている。


十分後、部下を引き連れた野崎は、太田梨歩の自宅玄関にいた。母の洋子が野崎に、娘は十分ほど前に友達に会うと家を出たと告げる。

気づかれていたか……！

「行き先はどこですか？」

「さあ？　電話しましょうか？」

「いえ、電話はしないでください」

「あの……娘が何かしたんでしょうか？」

「丸菱商事に対するサイバー犯罪の容疑で捜索令状が出ています」

「！」

「中を見せていただけますか？」

動揺した洋子は言われるがまま野崎を娘の部屋に通した。六畳ほどの室内の隅に置かれた段ボール箱には、たくさんの破壊されたハードディスクやメモリチップの残骸が放り込まれていた。

「証拠を残さないようハードディスクやＳＳＤを電子レンジで焼いたんでしょうね」

声に振り向くと、新庄が戸口に立っていた。

「戻ったのか？」

「詳細は本部で聞きました」

新庄は部屋を見渡し、言った。

「やはり、太田はハッカーで間違いなさそうですね」

「ああ」とうなずき、野崎は後ろに控えた部下たちに言った。

「すべて押収しろ」

「はい！」

部屋を出ようとして、野崎は棚に並んでいる落語のＤＶＤとＣＤに目を留めた。古今亭志ん生のＣＤに手を伸ばす。

若いのに志ん生か……。

結局、太田は家に戻ることはなく、そのまま行方をくらませた。


航空会社の係員に先導され、乃木と薫が通路を歩いている。ボーディングブリッジの接続部分の手前まで案内され、乃木が薫に言った。

「よくここまで入れてもらえましたね」

「患者の国際搬送なので、事前にお願いしておいたんです。私、担当医なので」

「なるほど」

「到着ロビーだとお出迎えの人とか大勢いるじゃないですか。頑張って日本まで来たジャミーンを見たら、私、大泣きしちゃいそうで。そんなとこ見られたくないし……」

薫の可愛らしい一面に、思わず乃木は頬をゆるめる。

と、窓の外に着陸体勢に入った飛行機が見えてきた。

「あの飛行機ですよね！」

薫は心配そうに機体を見つめる。「大丈夫だったかな……初めての飛行機だし、もし具合悪くなってたら……」

「大丈夫です。ドラムさんもついてます」

「そうですよね」

自分に言い聞かせるように、薫は強くうなずいた。


ボーディングブリッジから出てくる乗客たちの列が途切れ、「どうぞ、お入りください」とキャビンアテンダントが乃木と薫を機内へと招き入れる。薫が飛び込むように中に入り、乃木もあとに続く。

通路の奥にドラムの姿があった。別れてまだそれほど経っていないのにひどく懐かしく感じる。ドラムが身体をずらすと、ジャミーンが通路に飛び出してきた。

「ジャミーン！」

薫が駆け寄り、ジャミーンを抱きしめる。

「無事でよかった……無事で。ジャミーン、もうずっと一緒だからね。私があなたを守るから」

ジャミーンの小さな身体を包み込み、涙する薫を見つめながら、乃木の脳裏に両親との記憶が断片的によみがえっていく。

母の腕の中にいる自分を、父が面白い表情で覗き込み、笑わせようとしている。その変な顔に母のほうが噴き出してしまい、母が笑っているのがうれしくて、自分も笑っている——。

「乃木さん」

アニメ声に乃木は我に返った。いつの間にかドラムが目の前で微笑んでいる。

「また会えてうれしいね。よろしくお願いいね」

「僕もです。ドラムさん、ようこそ日本へ」

笑顔で手を握ると、ドラムが抱きしめてきた。

相変わらず、力が強い。

新庄を伴いサイバー犯罪対策課を訪れた野崎が、自席で解析作業をしている東条に声をかける。

「何か出たか?」

「駄目だね」と東条は首を横に振る。「でもよ、ここまでするってことは、よほど知られたくない情報があったってことだな」と焼かれたディスクの残骸に目をやる。

「やはり『テント』の送り込んだモニターか……あるいは『別班』か……」

つぶやく新庄に野崎が返す。「『別班』にしちゃあ、ちょっと若すぎないか？」

モニターには太田の写真が映し出されていた。

作業用テーブルには太田の部屋からの押収品が積み上げられている。その中には大量の落語のＤＶＤとＣＤまで含まれている。野崎は目についたいくつかを手に取った。

「志ん生、圓生、文楽……若いのになかなかいい趣味してんだよな」

何げなくパッケージを開けると、ＤＶＤが入っていた。何の変哲もない、ディスクだが、よく見ると角がわずかにめくれているのに野崎は気づいた。

野崎はＤＶＤをパソコンに入れ、再生する。と、大音量で流れはじめる落語に、「うるせーなー」と東條は言い放つ。その瞬間、画面に映し出されたのは、日付と数字、アルファベットの羅列だった。

「なんだこれ……」

東条は顔色を変え、食い入るように画面を見つめる。

「過去のハッキングの記録だ……」

野崎は驚き、訊ねた。「なぜ、こんなものに？」

「自己顕示欲だよ。どうしてもどこかに自分の功績を残しておきたかったんじゃ……」

東条はログデータをさかのぼり、「あああぁぁ」と奇妙な声を漏らしはじめた。

「なんだ？」

「ブブ……ブルーウォーカー！」

「ブルーウォーター？」

「ブルーウォーカー！」と声を裏返らせて、東条が叫ぶ。「言っただろ、世界には俺なんか足もとにも及ばない神がいるって。ブルーウォーカーはそのひとり」

ログをたどる東条の目が、興奮のあまり血走っていく。

気づくと、サイバー犯罪対策課のメンバーたちも食い入るように集まってきている。

「スゲ――！　西田原発の設計図流出事件もロシア空軍のハッキング事件も、この人の仕業だったのか！」

口々に感嘆の声をあげている。

「そんな人間が、なぜ丸菱商事の経理なんかに？」

新庄同様、野崎も今の段階では見当がつかない。しかし、五里霧中のなか、わずかな光が射したことは間違いない。

※

　薫が勤める日本医療センターに着くと、ジャミーンは与えられた個室のベッドに身体をうずめ、安らかな寝息を立てはじめた。ベッド脇のイスにはドラムが座り、守護者のごとく見守っている。

　ジャミーンのやわらかな頬を優しく撫でながら薫がつぶやく。

「よっぽど疲れてたのね」

「それだけじゃないと思いますよ」

　乃木の言葉に薫は怪訝そうな表情になる。

「薫さんに会えて、心の底から安心したんですよ」

「そうかな？　だったらうれしいな」

「あとは、手術の日を待つだけですね」

　しかし、乃木の言葉に薫は表情を曇らせた。

「……どうしたんですか？」

「実は……ちょっと困ったことがあって」

「困ったこと？」

「治療を提供してもらうはずだった支援団体が、急に手を引くと言い出して」

「え……なんでですか？」

「たぶん、私が向こうで警察に追われたことが耳に入ったんだと思う。私のせいで……」

薫が悔しげに唇を噛んだとき、戸口のほうから声がした。

「手術にはいくら必要なんだ？」

ふたりが目を向けると、野崎が病室に入ってきた。

「野崎さん！　やっぱりジャミーンに会いにきてくれたんですね」

「ああ」と野崎が薫にうなずく。「それとドラムを迎えにきた。俺んちに住まわせる」

初耳だったのか、ドラムがいぶかしげな表情を野崎に向ける。

「え、でもドラムはここでジャミーンのお世話をしてくれるって」

薫の言葉に、今度は野崎が驚いた。

「は？」

「ジャミーンはモンゴル語しかわかりません。だから日本語もわかるドラムさんがいたほうがということで」と乃木が説明する。「薫さんも四六時中ここにいるわけにはいかないので。ほら、ドラムさんのベッドも」

たしかに、片隅に空いたベッドがもう一台ある。

「ジャミーンも喜んでたし」と薫も言い添える。

「そうか」

野崎はドラムへと顔を向け、確認する。「ドラム、いいのか？」

ドラムは笑顔で何度もうなずいてみせる。

「悪いな。それで費用はどうなんだ」と野崎がふたたび薫に訊ねる。

「それが……三か月分の入院費、ＣＴなどの検査費用、手術後のリハビリ、薬代、復帰までの生活費。なんといってもジャミーンは保険も利かないので、私が用意したお金をつぎこんでも、あと一四七〇万円足りないんです」

「一四七〇万円！」

思わず野崎は大きな声を出す。ドラムは飲んでいた缶コーヒーを噴き出した。慌てて飛び散ったコーヒーを拭く。

「そんなにかかるんですか？」と乃木も目を丸くして薫に訊き返す。

険しい顔で薫はうなずいた。

「あの……クラウドファンディングはどうですか？」

「いいね」と野崎も乃木の提案に賛成する。

「……聞いたことはあるけど、あんまりよくわかってなくて」

困ったように返す薫に、「知らねえのかよ」と野崎がツッコむ。

「だって」

「大丈夫です、薫さん。簡単に言えばインターネットで呼びかけて、協賛してくれる人から寄付を募るんです。例えば、こんな感じで……」

乃木はスマホでいくつかのクラウドファンディングのサイトを見せていく。

「すごい……こんなにいろいろあるんだ」

「一緒にやってみませんか」

「いいんですか？　心強いけど……乃木さんも忙しいんじゃ」

「ジャミーンのために、僕も何かしたいんです」

「ありがとうございます。よろしくお願いします。野崎さんも」

薫はふたりに向かって頭を下げる。

「ああ」と答え、野崎はドラムに言った。「今から日本の餅、食わしてやる」

ドラムは手を叩いて喜んだ。餅が大好物なのだ。

「行くぞ」

野崎が踵を返し、ドラムも立ち上がった。ドアの前で野崎が振り返る。

「乃木、お前もだ」

相変わらずのマイペースに、乃木は薫と顔を見合わせる。

野崎に連れていかれたのは甘味処だった。ドラムはおしること磯辺焼きに舌鼓を打ち、野崎はクリームあんみつを食べながら現時点での捜査状況を説明していく。甘いものがそれほど得意ではない乃木はところてんを頼んだのだが、話に夢中で手がつかない。

「ブルーウォーカーは超有名なハッカーよ。日本人だったとは超びっくり！　超びっくり！」とドラムのスマホがアニメ声で話す。

「それも太田さんだったとは」

乃木にとってはそっちのほうが驚きだ。

「お前のほうは？」

うながされ、乃木は社内での聞き込みの結果を野崎に報告する。

失踪の翌日に太田は退職願のメールを部長の原に宛てて送っていた。経理部では男関係で揉めたのではないかというまことしやかな噂が立っていたが、その相手として名前が挙がっているのは原に宇佐美、そして水上だった。

「ことごとく誤送金に関わった人間ばかりで。噂とはいえ、どうも気になって……」

「その噂、本当だ」

そう言って、野崎はスマホをテーブルに置いた。

東条に太田がディスクに残した記録を全部当たらせたが、テロやバルカに関するものは一つもなかった。そもそもブルーウォーカーは私利私欲のための脅迫や情報漏洩をしたことがない怪傑で、今回のようなセコい真似を自ら進んでするわけがない。裏で彼女を操っていた黒幕が必ずいると東条は主張した。

だったら、得意の技術でそれを探れと指示した。その結果が、これだ。

野崎はスマホを操作し、次々と映像を再生させる。

宇佐美、原、水上がそれぞれ太田とふたりきりで会っていた。しかも宇佐美と原は五日分、水上も三日分の映像が残されていた。

「……この映像は東条さんが？」

「ああ」と野崎がうなずく。「ここ一か月の丸菱の監視カメラを調べたら、誤送金の容疑者がそろいもそろって太田に接触していた。さらに……ひとり、昨日から太田に猛烈に連絡してきてる奴がいる」

押収した太田のパソコンに『fox.777@××××』というアドレスから大量のメールが届いたのだ。内容はすべて接触や連絡を乞うものだった。

常にフリーアドレスを使用し、送信している場所もネットカフェを転々としており、用心深く身元を隠している。

「太田が急に消息不明になり、かなり慌てているようだ」

「……一体誰なんでしょうね」

乃木がまるで手をつける様子がないので、ドラムが目の前にあるところてんに勝手に箸を伸ばした。ひと口食べ、予想外の酸っぱさに慌ててお茶を飲む。

ドラムのドタバタに気づかず、ふたりは話を続ける。

「俺は丸菱の社員だと思う」

「どうしてですか？」

「彼女が入社したのは二年前。そんな名の通ったハッカーが、偶然お前の会社に就職したとは考えにくい。彼女の正体を知っていた黒幕が、会社に引き入れたと考えるのが自然だ。今回のことで利用するために」

「たしかに……」と乃木はうなずいた。「さすが野崎さん、すごい推理力です」

ストレートな褒め言葉に、一瞬野崎の表情がゆるむ。

「で、どうやって見つけるんですか？」

我に返り、野崎は顔を引き締めた。

「この『fox.777』にメールを送った。今日の二十時、太田梨歩の家の近くの公園で待っていると」

「返事は来たんですか?」

「ああ。三時間後にな。『了解した』とだけ書かれていた」

「じゃあ、その待ち合わせに来るのが……」

「モニター、もしくは『別班』」

息を呑む乃木に、野崎が言った。

「お前も同行しろ」

「え?」

「四人以外の丸菱の人間が来たときのためだ。社員のお前ならある程度わかるだろ?」

「はい」

※

公園沿いの道に公安のバンが停まっている。車内に備え付けられた多数のモニターにはさまざまな位置から公園入口付近の映像が映し出されている。

待ち合わせ時間まであとわずか。目立たないような小型インカムをつけた野崎、乃木、新庄の三人が固唾を飲んでモニターを見守っている。

「本当に来ますかね」

緊張に耐え切れず乃木がつぶやく。

「来るね」と答え、野崎が訊ね返す。「乃木、お前は誰が来ると思う？」

「……一番怪しいのは宇佐美部長ですかね」

「たしかに」と新庄がうなずく。「奴は七年前、バルカに一年ほど駐在していますからね」

「現地の顧客開拓の責任者として赴任していました」と乃木が言い添える。

「そのとき『テント』に取り込まれた可能性は十分にありますよ」

「次は？」と野崎はさらに訊ねる。

「……原部長です。太田さんに話を聞こうとしたときのさえぎり方は少し不自然でした」

「そうか」

「誰であれ、一緒に仕事をしてきた仲間が捕まるところなんて見たくありません。四人以外の全くの他人が来てくれることを望んでます」

「いや、四人の中の誰かだ」と野崎は断言した。

「絶対ですか?」

「絶対だ」

「二十時になりました」と新庄が言った。

三人はふたたびモニターに集中する。と、乃木が四番と記されたカメラ映像に人影が映ったことに気がついた。

「あれ」と指摘し、すぐに新庄が待機している捜査員に指示を出す。

「A点から公園内部へ向かっている者あり」

「二番カメラ、寄れ」

野崎の指示で別アングルのカメラがその人物にズームしていく。一瞬、木の陰に隠れたがすぐに出てきた。公園の街灯がその人物を照らす。

浮かび上がったその顔は、長野だった。

「専務……」

やはりか……と野崎は口もとに笑みを浮かべる。その経歴から考えると長野が本命だったのだ。

街灯の下で長野が太田を待っている。と、人の気配に気づき、目をやる。歩いているのは野崎だ。警戒する素振りを見せる長野を無視し、野崎は別の方向へと歩みを進める。表情をゆるめ、長野は腕時計に視線を落とした。

突然野崎が方向を変え、長野に歩み寄った。

「やはりあなたでしたか、長野利彦さん」

「？」

「警視庁公安部の野崎です。少しお話をうかがえますか」

「！」

後ずさりする長野を取り囲むように待機していた捜査員たちが現れた。長野は観念し、野崎にうなずく。

野崎はインカムに向かって口を開いた。

「乃木、ご苦労だった。自宅で待機していてくれ」

「……」

取調室で対峙した野崎から聴取の理由を説明されると、長野は太田との関係をあっさり吐いた。

「つまり太田梨歩とは不倫の関係だったと?」

「お恥ずかしいかぎりです。妻との夫婦関係はずいぶん前から破綻していて、つい彼女に惹かれてしまった。まさかハッカーだなんて、信じられない……」

野崎は記録係の新庄に席を外させた。新庄が取調室を出ると同時に、部屋の四隅で光っていた監視カメラの赤いライトが消えた。

長野の表情が変化するのを見て、野崎が言った。

「そろそろ、お互い腹を割って話しませんか? ここでの会話は非公式です。記録も一切とりません。ですから、正直におっしゃってください」

「?」

「我々もあなたの任務の邪魔をするつもりはありません」

「任務?」

「あなた、我々と同業の方ですよね?」

「……?」

「あなた方も、例の組織のことを探っているんじゃないですか?」

新庄が取調室に隣接する小部屋に入る。野崎と長野のやりとりをマジックミラー越しに部長の佐野が凝視している。

「おっしゃっていることが、よくわからないが……」

野崎は用意していた長野の経歴書をテーブルに広げた。本人に見せながら、疑問点を指摘する。

「防衛大学に四年在籍したあと、一橋大の大学院に入るまでに二年間の空白があります。この二年間、どこにもあなたに関する記録がありません」

長野の顔が青ざめていく。

「……それは」

「教えてください。この空白の二年間、あなたは一体どこで何をしていたんですか？ 一橋大に入ってからの出席率はずいぶん低かったようですね。もしかして、防衛大を卒業後、実は自衛隊に入隊。すぐに実力を認められ、特殊な環境で特別な訓練を受けていたんじゃありませんか。一橋は隠れみのだ。違いますか？」

どうにか動揺を抑えようとするが身体は正直だ。じんわりと汗の粒が浮いていく。長野はハンカチを取り出し、額に当てた。

もう少しで落ちる。

「我々は秘密を守ります」と野崎が真摯なまなざしを長野に向ける。「話してもらえれば困らせるようなことは決していたしません」

「……このことは家族にも会社にも、本当に内密にしてもらえるんですね」

「お約束します」

覚悟を決め、長野は重い口を開いた。

「たしかに、特殊な環境に身を置いていたのは事実だ」

その言葉に野崎は内心ほくそ笑んだ。だが、告げられた真実に言葉を失った。

「防衛大学時代……訓練が厳しくて、毎日がボロボロで……つい、薬物に手を出してしまったんだ」

束の間の沈黙が取調室に流れる。

「少しでも苦しみから逃げたかった。だが、これじゃあいけないと思い、卒業後に更生施設に入った」

「……更生施設？」

「この二年の間はずっとその施設にいた。大学院に入ってからも、誘惑に負けそうになるたびに通って……」

「……その施設の名前は？」

「大分にある豊前中津園という施設です」

確認をとるため新庄が監視室を出ていく。

一方、とんだ見当違いに野崎は苦虫を噛みつぶしたような顔になっている。

やがて、新庄が取調室に戻ってきた。

「豊前中津園に確認とれました」

野崎は長野を一瞥し、「そうか」とうなずく。

これからどうなるのか長野は怯えている。

「大変失礼しました。私どものほうで誤解があったようです。ですが、もう一つだけお聞かせください」

気を取り直し、野崎は軌道修正を図った。

「太田さんのことで何か気づいたことはありませんでしたか？」

矛先が自分からそれ、長野は安堵する。

「……実はこのところ、彼女の様子はずっとおかしかった。急に誰かに呼び出されて、慌てて出ていったり……」

「……」

「教えてくれ。今回のことは全部太田君の仕業なのか？　彼女は今どこにいるんだ？」

必死に訴える長野を見つめる野崎の表情がどんどん険しくなっていく。

長野の話が事実だとすると、太田梨歩はかなりまずい状況に置かれている。一刻も早く彼女の身柄を確保しなければ……。

外事四課に戻ると乃木が待っていた。すぐに取り調べの結果が知りたいからと自宅には戻らなかったのだ。自席につきながら野崎が言った。

「お前の無実を証明するには、もうしばらく時間がかかる。すまんな」

「いえ」

「今は太田だ。人命を優先する」

「人命？」

「長野の話からすると、太田が誰かに利用されていたのは間違いない」

「やはり、宇佐美部長か原部長でしょうか」

「ふたりの経歴からすると『別班』とは考えにくい。おそらく、『テント』のモニターだ。そうなると……正体を知っている彼女はすでに……」

「こ、殺されたって言うんですか⁉」

「確証はないが、『テント』は甘くない。ザイールを思い出せ」

「……」

「しかし、ここはバルカと違って殺人など滅多に起こらない日本だ。日本人はそう簡単に人を殺せるもんでもない」

「じゃあ生きている可能性も」

「半々だ。怖くて殺害できず、死ぬまで放置プレイって可能性もある」

「早く見つけてあげないと」

「そこでお前の出番だ」

「え……僕？」

※

神社の前を眠たげな顔をした乃木が歩いている。祠にチラと一瞥を投げ、そのまま通りすぎる。ズキンと頭痛がして、あきれたようなFの声が聞こえてきた。

『そんなにまでして先生に会いたいかね』

「違うよ。ジャミーンのためだよ」

いつの間にかFは隣を歩いている。

『徹夜までして資料作るか。バッカじゃねえ？』

「仕方ないだろ。このクラウドファンディングがうまくいかなきゃ、手術ができないんだから」

『はいはいはい。それよりいいのかい、会社は？』

「いいんだよ。やる仕事もないし、十七時までに行けばいいだけだから」

面倒くさそうに言って、乃木は足を速めた。

病室を訪れるとジャミーンは眠っていた。ベッド脇のテーブルで向かい合い、乃木は薫に持参したクラウドファンディングに関する資料を渡す。

薫は乃木の目が充血していることに気づき、「もしかして……」とうかがう。

「この資料、寝ずに作ってくださったんですか？」

「え！　わかります？」

焦る乃木に薫がうなずく。「目が真っ赤」

「あ、いや、いや、いや自分の仕事もあったんで……」

薫は立ち上がり、頭を下げた。

「ありがとうございます」

「そんな。ジャミーンのためですから」

うなずきながら、薫はふたたびイスに腰を下ろす。

「立ち上げは僕がやりますから、安心してください」

「やっぱりジャミーンに好かれるわけね」

「え？」

「アディエルが言ってた。ジャミーンは無意識のうちに人の善悪を感じ取れるって」

「ああ……それなら薫さんも善人てことですね」

「そのとおり！　なんてね」

顔を見合わせ、ふたりが噴き出したとき、ドラムが病室に入ってきた。手にしたアルバムを薫へと渡す。

「もうできたの？」

ドラムは笑顔でうなずいた。

「これ、ジャミーンが持ってきた写真をドラムがまとめてくれたんです」

乃木に説明しながら、薫はアルバムを開く。レイアウトも凝っていて、目にも楽しい。

「うわぁ、きれいにまとまったわね」

薫の賛辞にドラムがうれしそうに微笑む。薫は乃木にアルバムを見せた。見開きいっぱいに薫とジャミーンとのツーショット写真が飾られている。

「それは出会ったばかりの頃ね」

仲睦まじい様子に自然と乃木の顔もほころぶ。「懐かしい〜」と薫は目を細めた。アディエルの写真もたくさん貼られており、ふたりはやるせない思いになる。重くなりそうな空気を変えようと、乃木は若い女性が写った一枚の古い写真を指さした。

「この人は？」

「亡くなったお母さんみたい。私も会ったことはないけど」

「……お母さん……」

乃木はふとベッドのジャミーンに目をやる。視線を戻すと薫が新たなページを開いていた。ざっと見て、すぐに次をめくろうとした薫の手を乃木が止めた。

「乃木さん？」

乃木は開かれたアルバムの一枚の写真をじっと見つめ、スッと席を立った。

「ちょっと……もう行きます」

慌てて病室を飛び出していく乃木を、薫とドラムがポカンと見送る。

急ぎ足でロビーに向かいながら、乃木はスマホを取り出した。

エネルギー事業部の自席についた乃木がスマホで時計を確認する。十六時五分前。そろそろだ。宇佐美の席をチラと見る。

「部長」と山本がやって来た。

「なんだ」

「実は、元財務の太田さんのことでお話があるのですが」

　宇佐美の顔がピクッとひきつる。

「ちょっと、ここでは……」

　山本に先導され、宇佐美が会議室へと入る。中には原と水上の姿があった。

「なぜ、原部長と水上君が？」

「私も山本君に呼ばれたんです」と原が返す。

　耳に当てたスマホに向かって山本が言った。「約束どおり、集めたぞ」

　一同が怪訝そうに山本を見たとき、会議室のドアが開き、乃木が入ってきた。

「乃木……一体どういうことだ？」

「すみません。私が呼び出してもお集まりいただけないかと――」

「君と話すことなど何もない！」と原がさえぎる。

　動じず、乃木は皆に言った。

「太田さんのことでお伝えしておきたいことがあります」

　一同の間に緊張が走る。

「実は誤送金を追ってバルカに行った際、現地で公安の警察官と知り合いました」

「公安だと……？」と宇佐美が眉根を寄せる。

「公安は太田さんの失踪と誤送金事件の関連を疑っています。すでに社内の監視カメラ映像は解析済みでした。そこには太田さんとふたりきりでコソコソ話をしていた男性の姿が三人確認できたそうです。それが……」

乃木は三人を見回し、その名を告げた。

「宇佐美部長、原経理部長、水上君ということでした」

三人はどうにか動揺を隠そうとする。

「はっきり申しまして、公安部外事四課はあなた方を容疑者としてマークしております」

「！」

「本当は捜査情報を漏らしてはいけないのですが、同じ丸菱の社員として――」

ポケットでスマホが鳴り、乃木は口を閉じた。発信者を確認し、「すみません、公安からです」と電話に出る。

一同は警戒するようにその様子を見つめる。

「乃木です。はい……え！　本当ですか、太田さんが⁉」

「！」

「はい、はい……わかりました。ありがとうございました」

乃木が電話を切るや、宇佐美が訊ねた。

「どうした？」

「携帯のわずかな電波を拾って、太田さんのいるおおよその場所が特定できたそうです。警察が今から向かうそうです」

「！」

乃木は宇佐美から原へと視線をめぐらせる。

「本当に彼女が何か関係しているのか」と宇佐美は困惑した表情。いっぽう、原は安堵の表情で口を開いた。

「しかし、居場所がわかったのならよかった。突然辞めるし、家には帰らないし、心配していたんだ」

乃木が見つめるなか、ふたりは席につく。宇佐美の背後のガラスに山本の顔が映っている。その表情には焦りの色がにじんでいる。

山本は誰にも声をかけず、会議室から出ていく。

ガラスに映ったその姿を、乃木が険しい表情で見つめている。

数時間前、乃木はジャミーンのアルバムの写真の中にある人物の姿を発見した。市場で買い物をしているジャミーンの背後に見切れていたのは戦闘服姿の山本だった。写真に印字された日付は二〇一九年三月十六日。

病室を出た乃木は、すぐに野崎にそのことを報告した。

確認するから家で待っていろと言われ、自宅に戻る。一時間後、野崎がやって来た。

「山本は二〇一九年三月、旅行で三週間ネパールに行っている。たぶん、そこから『テント』の手引きでバルカへ密航したのだろう」

乃木は気持ちを落ち着けるために茶を点てている。茶筅で器の中の抹茶を泡立てながら、つぶやく。

「密航……」

「一昨日調べたときは、ネパールからバルカに密航したとは考えもつかなかったよ」

「調べてたんですか?」

「一応な。情報が漏れたとしたら、あのサーバールーム侵入作戦に参加した四人しかいないからな」

なるほどとうなずき、乃木は野崎に茶を出す。

「俺たちに協力したのも、こちらの動きを探るためだ。太田の正体がバレるのを恐れて、その前に彼女を拉致したんだ」

野崎は一服し、呆然としている乃木をうかがう。

「大丈夫か？」

「……入社当時から、あいつとは力を合わせてきました。なのになんで……」

忸怩たる思いに唇を噛み、乃木は言った。

「一刻も早く山本を捕まえてください」

「いや、作戦どおりにやる」

「でも！」

「言っただろう。奴は逮捕されても太田の居場所は死んでも言わない。なぜなら、彼女はすべてを知ってるからだ」

「……そうでしたね。すみません」

「本当に大丈夫か？　作戦のおさらいだ。言ってみろ」

「十七時きっかりに野崎さんから電話をもらい、警察が太田さんの居場所を突き止め、向かおうとしていると伝える。もし、太田さんがまだ生きているのなら……警察より先に山本は監禁場所に行き、移動させるか口封じをするので……」

「俺らがそこを突く」

乃木は野崎にうなずいた。

「鉄壁の尾行態勢で臨む。安心しろ」

「はい」

ぎこちない笑みを浮かべる乃木を、野崎がじっと見つめる。

「……なんでしょうか？」

野崎は黙ったまま視線を外さない。

「？」

そのまま野崎が顔を近づけてくる。

「！」

動揺する乃木を見て、その瞳に悲しげな色が宿る。

「……じゃあ、十七時に」

野崎は立ち上がり、去っていった――。

山本を見送った乃木は、すぐに野崎に連絡を入れる。

「今、慌てて出ていきました。太田さんは生きています」

スピーカーにしていた野崎のスマホから聞こえてきたその言葉に、待機していた捜査員たちから一斉に歓声があがる。

「了解」

野崎は電話を切ると、無線で指示を出す。

「各捜査員宛て、太田梨歩は生存の可能性あり。間もなく山本が出てくる。目を離すな」

『了解』と新庄が答える。

丸菱商事の周辺には新庄をチーフに捜査員たちが張っている。山本がビルから出てくるのを見て、新庄が捜査本部に報告する。

『マルタイ確認。現在時、尾行開始します』

山本は通りに出るとタクシーに向かって手を上げる。

『マルタイ、タクシー停めました』

「ナンバーは？」

鈴木がすかさず野崎に答える。

『関東無線、下四桁５６３１』

野崎が対車両の尾行班に指示を送る。

「追尾三班、追跡しろ」

『三班了解。現在後方五十メートルで追尾中。……あれ？』

「どうした？　状況送れ」

『マルタイ、タクシー降車』

「なぜだ？」と振り向いた佐野に野崎が口を開く。

「おそらく――」

モニター前に陣取る東条がかぶせるように言った。

「渋滞で電車のほうが早いって言われたんじゃないのー」

ムッとした野崎が口を開く前に、佐野の怒声が響いた。

「無駄な口はさむな！」

東条は瞬時にモニターに視線を戻し、捜査員たちも気を引き締める。

新庄の声が無線から聞こえてきた。

『尾行継続します』

※

会社に残り、乃木はひたすら連絡を待っている。時刻はもうすぐ午後八時を回ろうとしている。しかし、乃木に焦った様子はない。自分のやれることはすべてやった。あとは朗報を待つだけだ。

その頃、山本は大宮方面へ走る京浜東北線の車中にいた。捜査本部のモニターには、尾行している鈴木が盗み撮りしている山本の姿が映し出されている。

『現在時、与野駅を通過。まもなく大宮です』

モニターの山本が電車を降りた。すぐに鈴木から連絡が入る。

『マルタイ下車。大宮で下車』

野崎が佐野をうかがう。佐野はうなずいた。

「一班、二班は大宮方面へ移動。次の連絡を待て」

「はい」

野崎の指示で、捜査本部から十名ほどの捜査員が飛び出していく。

『マルタイ、乗り換えせず、そのまま北口へ進行中』

「タイミングを見て新庄と交代しろ」

『はい』と鈴木が野崎に答える。

大宮駅前から延びる商店街に向かって山本が歩いている。鈴木がその後ろから尾行している。角を曲がり、山本が商店街へと入る。しかし鈴木は直進し、商店街を通りすぎる。逆方向から歩いてきた新庄が鈴木とすれ違い、角を曲がって商店街に入る。見事な連携と思いきや、真っすぐ延びる商店街になぜか山本の姿はなかった。

「⁉」

新庄は慌てて周囲を捜す。しかし、山本の姿はどこにも見当たらない。

『失尾（しつび）‼　失尾しました』

新庄からの連絡を聞き、駅方向から三人の捜査員が駆けつける。

モニターを確認して、東条が言った。

「奴の携帯のＧＰＳはまだ劇場通りだ」

すかさず野崎が無線に叫ぶ。

「まだそこにいる。捜せ！　絶対に取り逃がすな！」

今度は東条を振り向き、言った。

「付近の防犯カメラ、片っ端から見せろ」

「はいはい」

商店街の店前に設置された物置の中で、何者かに口をふさがれた山本が恐怖におののいている。

「しーっ」

山本の口を手でふさいだまま、黒須駿（くろすしゅん）がささやく。物置の前を捜査員たちが通りすぎていくのを、一センチ大にくり抜いた穴から確認し、黒須は山本の口から手を離した。

「あれは公安だ」

「え！……」

山本は警戒心をあらわに黒須を見た。三十くらいの気さくな男前である。特に不穏な空気はまとっていない若者だ。

「あんた何者だ……？」

「俺は黒須。そんなに警戒しなくていいよ、山本さん」

「……なぜ俺を知ってる？」

「落ち着けって。味方だよ。俺もモニター。組織に言われて、あんたを公安から逃がすために来たんだよ」

「！……」

「携帯」と黒須は手を差し出した。

「ああ」と山本はスマホを渡す。

黒須はそれを地面に置くや、思い切り踏みつぶした。

GPSのモニターから不意に山本の位置情報が消え、東条は仰天した。

「GPS信号が、き、き、消えちゃった」

野崎が呆然とモニターを見つめる。


黒須が運転する車の助手席に座り、山本が驚きの表情で説明を聞いている。黒須は公安の無線を傍受して、山本を保護したというのだ。

「……ってことは、あれ全部ウソ？」

「そういうこと。公安がお前を尾行して、太田の居場所を突き止めようとしてただけだ」

「なんでバレたんだ。乃木もグルか⁉」

「誰だそいつ？　それよりなんで早いとこ始末しなかった」

「ほっときゃ死ぬと思って」

「ったく」と舌打ちし、黒須は言った。「ブルーウォーカーはこっちで始末する」

「ありがたい」

「場所は？」

「さいたま市西区瑞穂三の一。取引先の使われていない倉庫だ」

「了解。そこ開けて」

言われるまま山本はグローブボックスを開けた。中にはパスポートが入っていた。

「お前の偽造パスポートだ」

「！」

「明日の朝六時にミャンマー行きの貨物便が出る。乗り心地はよくねえが確実に逃げられる。これからはあっちで別人として生きていくんだ」


野崎はデスクで自問自答を繰り返していた。

何かがおかしい。

悟られないように最少人数で尾行し、ＧＰＳでも追跡した。

それなのに、なぜバレた？

何かがおかしい。何かが……。

※

空港の格納庫内では、黒須と山本が酒のグラスを交わしている。緊張を紛らわせるために山本のピッチは速く、すでに酔いも回っている。

「あの太田がいなきゃ今回の計画は実行できなかった。二年前に無理やり脅して、入社させてよかったよ」

「しかし彼女がブルーウォーカーだって、なんでわかったの？」

「組織の情報部に教えてもらった。俺がわかるわけないじゃん」

笑いながら黒須から注がれた酒を一気に飲み干す。

「そうだ。忘れないうちに」と黒須は山本に手を差し出した。

「？」

「キャッシュカード。いくらなんでもただで逃亡できるとは思ってないよな？」

「え……」

困惑する山本を見て、黒須はくしゃっと笑った。

「ウソだよ、ウソ。渡航費用は組織が持ってくれる」

「なんだよ」と山本も安堵の笑みを浮かべる。

「ただ、ミャンマーに着いてからの金が必要だろ」

「ああ、わかった。じゃあ……」

山本は財布から銀行のカードを出し、黒須に渡した。

「暗証番号は？」

「２５２７」

「了解」

黒須は人懐っこい笑みを残し、格納庫を出ていった。


「おーい、起きろー」

何度も呼ばれ、肩を揺すられ、山本はようやく深い眠りから目覚めた。目の前に札束が置かれていたので、少し驚く。

そうだった。ミャンマーでの当座の生活資金を黒須に下ろしてもらったのだった。

「……そろそろ時間か」

起き上がろうとしたが身体が動かず、山本はギョッとした。寝ているうちに両手両足を拘束されていたのだ。しかも腕には点滴の針が刺さっている。

言いようのない恐怖が背中を駆け抜けた。

愉しげな顔で自分を覗き込んでいる黒須に向かって、「なんの真似だ！」と叫ぶ。

しかし、黒須は薄気味悪い笑みを浮かべるだけで答えようとはしない。

「おい、悪ふざけはやめろよ」

黒須は顔をくしゃくしゃにし、腹を抱えて笑いはじめた。

「なんでこんなことする。お前、仲間だろ？」

目尻に涙を浮かべながら、「仲間？」と黒須が訊き返す。

「……違うのか？」

「違う違う。全然、真逆だよ」

「ま、まさか、警察」

「まあ、そうでもあるし、これまた真逆でもある、かな。ねえ、先輩」

え……。

黒須が振り向いた先に目をやり、山本は驚く。いつからここにいたのだろうか、誰かが立っていた。ちょうど陰になって、顔はよくわからない。

「そうだな」と男が黒須に答える。「たしかに警察とは似て非なるもの。有事のあと、法にもとづいて動くのが警察だ。俺たちは、有事の前に動く」

どこかで聞いたような声……。

男が一歩前に足を踏み出し、差し込む明かりが顔に当たった。

「乃木……」

二十年来苦楽をともにしてきた同僚が、そこにいた。

乃木はふいに顔をしかめ、頭を押さえた。

『おい、なにカッコつけてんだ。ここは俺の出番だろ』

「もう少し待ってくれ」

『嫌だね。お前じゃ頼りないんだよ』

いきなりひとり芝居を始めた乃木に、山本は困惑する。

「おい……なにひとりでしゃべってんだ？」

乃木はうつむき、「わかったよ……」とつぶやく。顔を上げたとき、その表情は一変していた。ふてぶてしい笑みを浮かべながら、Ｆは口を開いた。

「よお、山本。お前は俺らのこと、よく知ってるはずだけどな。好きでいろいろ調べたんだろ」

「！……まさか……お前……」

そのまさかだよ、と微笑みだけで乃木が答える。

「ウソだろ……お前が『別班』!?　あり得ない……」

「……」

「『別班』はずば抜けて優秀な超エリート集団のはず……。同期の出世レースからも脱落したトロいお前が、『別班』なんかになれるわけないだろ」

「出世？　そんなもんしたら任務に差し支える。『別班』は海外飛び回ってなんぼなんだよ」

「！……じゃあ、わざと？」

Ｆは薄笑いで山本に答える。

「ウソだろ……俺は何年もお前に騙されてたのか……。もしかして、ＧＦＬとの共同事業もアリに近づくためか？」

「そういうことさ。長野か宇佐美あたりがモニターと踏んで、動きだすのを待っていたが……お前だったとはな。太田が失踪して、まさかと思い黒須にお前を張らせたが、一度たりとも彼女のもとには行かなかった」

Ｆは山本に顔を寄せ、ささやく。

「お前、監禁したまま放置して彼女が野垂れ死ぬのを待ってたのか。自分の手で殺す勇気もないからな！」

「……」

「この鬼畜野郎！」

いきなりＦは山本の襟首をつかみ、絞め上げはじめた。息ができず、山本は眼球を飛び出させて必死にもがく。

そんな山本の姿を黒須が愉悦の笑みを浮かべながら眺めている。

Ｆが手を離し、山本は床に転がり、涙目でえずきだした。Ｆは汚物をぬぐうようにおしぼりで手を拭く。

ゲホゲホと咳き込みながら、山本は涙に濡れた顔をＦに向けた。

「頼む……俺が悪かった。なんでもする。だから、命だけは助けてくれ。助けてくれ！」

必死に命乞いをする山本に、Ｆは言った。

「いいだろう。ただし条件がある」

「……」

「『テント』のことを教えろ」

「『テント』？」

「そうだ」

「……知らない。俺は何も知らない……『テント』なんて組織のことは！」

「あれ？」と黒須が山本に訊ねる。「『テント』が組織の呼び名だって言ったっけ？」

「！」

Ｆが山本の頬を思い切り張った。「ひっ」と山本がのどを鳴らす。人が違ってしまった同僚に、山本は今、恐怖しか感じない。

「もうこれ以上は時間の無駄だな」

Fが目で合図をすると黒須が点滴の管に透明な液体が入ったシリンジをつなげた。

「！　なんだそれは……やめてくれ。殺さないでくれ！」

山本は身をよじって暴れるが、手足が拘束されているためほとんど動けない。

「嫌だ！　嫌だ！　嫌だ！」

躊躇することなく黒須がポンプを押し込み、液体が管を通って体内に入っていく。

山本の絶叫が格納庫内の空気を震わせる。

しかし、身体に異変は起こらない。

「なんだ……何をした⁉」

Fは黙ったまま不敵に笑う。しばらくすると山本の呼吸が荒くなり、徐々に意識も朦朧としてきた。

頃合いだなとFは口を開いた。

「お前は『テント』のモニターか？」

ゆるんだ口から山本が声を発した。

「うん」

黒須は少し意外そうに乃木を見た。

「効くみたいですね、こいつには」

「何を……何を入れたんだ……？」

「安心しろ。自白剤だ」と黒須が答える。

「自白剤」とつぶやき、なぜか山本は笑った。

「自白剤はな、個人差があるんだが、お前は優等生だよ」

「優等生……」

ヘラヘラと笑う山本にFが訊ねる。

「なあ優等生、どうして『テント』のモニターになった？」

「どうして？　決まってるじゃないか……この国は腐りきってる。いつまでも目を覚まさない平和ボケした国……一回痛い目に遭ったほうがいい。だから、いろんなテロ組織を調べて、ダークウェブの掲示板で発信してた」

「それで？」

「……『テント』からメールが来た。バルカに来いって。俺の名前も住所も全部知ってた。ネパール行きのチケットが来て……そこからバルカに行けた」

「それで？」と今度は黒須が問う。「バルカに着いて、どうしたんだ？」

「……研修、訓練……アリが世話してくれて……」

「ふーん。やっぱりね」

「アリの地位は？」とFが訊ねる。

「すげー上の幹部。日本の担当だ」

「すげー上？」と黒須がFに目をやる。Fは質問を続ける。

「各国の諜報機関が『テント』とJAPAN……日本が関係していると言っているが、それはなんなんだ？」

「！」

「えー、知らないの？」

「ああ、知らないんだ。教えてくれ」

「みんな言ってる。リーダーの最後の標的は……あははは。に、日本だって」

薬が効きすぎたのか、山本はうたた寝しはじめた。

「おい、寝るな」と黒須が頬を張る。「そのテロはいつ、どこで起きるんだ？」

「うるさいなー。知らないよ。眠い」

「なんでもいいんだ。ちょっとしたことでも」

強く揺さぶられ、山本はキレた。

「うるさい‼　うるさいうるさい！　寝かせてくれよ」

「なら質問を変える」とFが山本に顔を寄せる。「『テント』のリーダーを知ってるか？」

山本は億劫そうに首を横に振った。

「リーダーは……日本人なのか？」

「知らなーい。見たことないしー」

「よく思い出せ。これが最後のチャンスだ」

生存本能が一瞬山本の意識をクリアにするが、すぐにまた浮かれた気分に覆い隠されてしまう。

「知らないもんは知らないんだよ。どうせお前らみんなおっ死ぬんだ。ガタガタ騒ぐな。バーカ」

山本はFに向かって唾を吐くと、いびきをかいて眠りはじめた。

「……」

※

乃木と黒須が山本を尋問している頃、野崎はさいたま市西区にある倉庫の前にいた。

太田梨歩がここに監禁されていると匿名の連絡が入ったのだ。

警戒しながら新庄ら部下たちと倉庫に突入したが、がらんとした内部に人の気配はない。

十分ほど捜索したが太田は見つからない。スチール棚に段ボール箱が積み重なっているだけだ。

「やっぱりガセネタだったんじゃ……」と新庄が野崎をうかがったとき、二階のほうから鈴木の大声が聞こえてきた。

「マルガイ発見！　マルガイ発見しました！」

野崎と新庄がすぐに駆けだす。

太田は二階の小部屋に放置されていた。

意識はなく、ぐったりとしている太田の脈を鈴木が確認する。

「どうだ？」

「生きてます」

鈴木の言葉を聞くや、新庄が無線に叫んだ。

「救急車入れろ！」

水すら与えられていなかったのだろう。衰弱しきった太田を野崎は見つめた。

まぶたに強い光を感じ、山本は薄く目を開けた。水平線の向こうから黄金色の太陽が半分ほど顔を出している。

どうやらここは橋の欄干のようだ。

身を起こし、その強い光に目を細めたとき、背後で乃木の声がした。

「美しいだろう」

振り返ると乃木と黒須が立っていた。昨夜の悪夢がじわじわと記憶によみがえってきて、山本は戦慄する。

立ち上がろうとしてふと違和感を抱き、山本は首に手をやる。頑丈そうな縄が首に巻きついていた。

山本の隣に立ち、Ｆは昇る朝陽を見つめた。

「この美しき我が国を汚すものは、何人たりとも許さない」

「！……」

「命に従い、お前を排除する」

Ｆはトンと山本の背中を押した。

山本はあっさり橋から落ちていく。そして縄がピンと張った。

首が変な方向にねじ曲がり、ばたついていた足もやがて動かなくなった。

5

早朝の神社にスーツ姿の乃木がお参りしている。いつもの近所の神社ではない。別の神社だ。二礼二拍手してから祈りを捧げる。心に抱くのは常に同じ思いだ。最後に深く一礼し、本殿の前を離れる。

境内の小さな地蔵の前に来ると、鞄から赤饅頭を取り出し、供える。ここでも手を合わせ、そして何ごともなかったかのように神社を去っていく。

岬を望む橋の上で警察の現場検証が行われている。ビニールシートに包まれているのは山本巧の遺体だ。大勢の野次馬が遠巻きに見守るなか、規制線をくぐり、野崎が現場に入っていく。新庄の姿を見つけ、歩み寄る。

「状況は」

「所轄によると争った形跡などはなく、遺体に外傷も見当たらないそうです。遺書もありますし」とビニール袋に入った遺書を野崎に渡し、続ける。

「自殺で間違いなさそうですが……」

「なんだ？」

「偶然かどうか怪しいのですが、ここ周辺の防犯カメラがすべて使用不能になってます」

「!?」


神社の小さな地蔵の前を赤いハイヒールを履いた女性が通りすぎる。石畳に小気味のいい音を響かせていた足が止まり、地蔵のほうへと戻る。

供えられた赤い饅頭を見つめ、女性は歩きだす。ふたたび足を止めたのは、神社から五分ほど歩いた先にある茶道具専門店だった。

店主に目的を告げ、飾られた茶器を眺めながら、待つ。しばらくすると店主が奥から戻ってきた。

「お待たせいたしました、櫻井様。ご予約いただいた心斎(しんさい)お家元お好みのお茶でございます。お確かめください」

「ありがとう」

受けとった桐箱を開けると、茶筒の上に短歌が記された紙片が載っていた。

『松の葉の　青きを見れば　深大寺　木漏れ日注ぐ　未の刻よ』

「未の刻、深大寺……」

桐箱の蓋を閉じ、櫻井里美(さくらいさとみ)は店主に顔を向けた。

「はい、たしかに。おいくらですか？」

「ちょうど二万円です」

支払い、櫻井は店を出た。

〈私はほとほとこの国が嫌になりました。諸外国の顔色をうかがい、言いなりになるだけの日本。そこで私は考えたのです。衰退の一途をたどるこの国が唯一変わる方法、それは強い脅威だと。あの組織ならこの国を変えてくれると信じ、同僚の太田梨歩さんの力を借りて、誤送金を偽り一億ドルを送金しました。ですが、彼らは金を奪っただけ。組織にとって私は、都合のいい駒にすぎなかった。計画遂行にとりつかれ、私はいつの間にか人の道を外れてしまっていた。国を侮り、友を裏切り、太田梨歩さんを殺害しようと考えていました。社会のゴミと化した私は、この世では不要な身。唯一できることは、日本がより良い国となることを祈って去ることだけです〉

もう何度目になるかわからない山本の遺書にまた目を通し、野崎は瞠目(どうもく)した。服のポケットに入っていたワープロ打ちの遺書。こんなもの、誰にだって工作できる。

目の前のパソコンのモニターには山本の検視結果が表示されている。

死因は頸部圧迫による窒息死。頸部骨折があるが山本が首を吊っていた現場の状況と一致し、事件性の疑いはなし。

事件性の疑いはないだと？……真っ黒じゃねえか。

野崎はつむっていた目を開けた。

付近の防犯カメラはすべて使用不可能状態だった。これが偶然なんかであるわけがない。周到に準備された殺人だ。

相当に訓練されたプロによる仕業——。

やはり『テント』の連中が口封じのために？

それに、あの匿名の通報……あの場所は山本から直接聞く以外わからない。『テント』の連中なら知っていたはず。

しかし、『テント』がわざわざ通報するか？

いや、そんなリスクを奴らが冒すはずがない。

この遺書にしても誤送金の件にわざわざ触れている。『テント』なら金の話はうやむやにしたほうが都合がいい。

つまり、『テント』の仕業ではない？　だとしたら……。

奴らと我々公安以外に山本がモニターだと知っていたのは……。

野崎は会議室を出ると外事四課に戻った。

「鈴木。前に乃木の経歴を調べたろ？　あれ、もう一度見せてくれ」

「え？　ああ、はい」

渡された乃木の経歴書にざっと目を通し、野崎は鈴木に訊ねる。

「これ全部、在籍期間も含めて裏はとれてるのか？」

「はい。コロンビア大学にも確認して、在籍していた証明書もそろっています」

鈴木は資料箱から乃木の卒業証明書を取り出し、「これです」と見せた。じっくりと吟味したあと、野崎はさらに訊ねる。

「……高校は？」

「え⁉　えっと、高校は……」

「調べてないのか？」

「い、いや、問い合わせたはずです！」

慌ててパソコンのメールボックスをさかのぼっていく。

「あ、来てました」

州立ロンガリーハイスクールからのメールは当然のように英文だ。

「今、翻訳を」

「いや、いい」と野崎はメールを読み進める。『NO NAME』という文字に行きつき、その表情が険しくなっていく。おそるおそる鈴木が訊ねる。

「どうかしたんですか？」

「この高校に『乃木憂助』なる人物はいなかった」

「いないって……？」

鈴木を無視し、野崎は部屋を出た。

会議室に戻ると旧知のＦＢＩ捜査官に電話を入れる。

「ロバート、夜分にホント申し訳ないが、一つ調べてほしいことがあるんだ」

話しながら野崎の脳裏には、いかにもお人好しな乃木憂助の顔がちらついている。


そば屋が並ぶ深大寺通りを赤いハイヒールが闊歩していく。緋毛氈（ひもうせん）が敷かれた茶店の縁台に男がひとり座っている。店員が盆に載せた抹茶と菓子のセットを男の前に置く。

「お待たせしました。おふたり分ですね」

「はい」

店員とすれ違うように櫻井は乃木の隣に座った。

「……あなたにしてはずいぶん、手こずりましたね」

「すみません」

「でも、よくやりました」

司令の労いの言葉に、乃木は頭をわずかに下げる陸軍式の礼で応える。

「タクシーの運転手に出し抜かれたのも、策略ですか?」

「あ、いえ……あれは油断しました。申し訳ありません」

「そうだったの。でも、そのおかげで奇跡の少女と出会い、『テント』につながるモニターを突き止めることができた。人生というのはどう転ぶかわかりませんね」

皮肉だろうかと乃木は櫻井をうかがう。櫻井はかすかに口角を上げた。

「あなたの強い執念が、運を引き寄せるのかもしれません。それは『別班』の一員として必要な資質ですよ」

「ありがとうございます」

櫻井がお茶を手に取り、「ところで」と話を変えた。「こういう呼び出し方は久しぶりねえ。思わずお饅頭を見逃すところでしたよ。何かありました?」

「はい。野崎守のことで」

「あなたが世話になった公安の刑事」

「野崎守は勘のいい男です。今回の件、山本が自殺をしたとは思っていないでしょう。彼がモニターだと知っているのは公安と私だけです。おそらく今頃、疑いを持ち、調べはじめています。マークされるのも時間の問題かと」

「……わかりました。いざというときは対応できるようにしておきます」

「申し訳ございません」

「ただ……そう簡単にはたどり着けないでしょう。あなたの素性には」

「……」

「それで、これからどう動きますか？」

「ザイール、山本が死んだ今、手がかりとなるのはＧＦＬ社のアリだけです。公安も居場所を突き止めようとするでしょう」

「どっちが先か、ということですね。でも、アリは姿を消したと聞いていますが」

「はい」

「余裕ですね」

「アリは『テント』の実態を把握している重要人物です。必ず我々が先に見つけ出し、吐かせてみせます」

うなずき、櫻井は菓子を口にする。

一礼し、乃木はその場を去った。

※

医局で休憩中の薫がスマホを見つめている。画面に表示されているのは、乃木が作ってくれたジャミーンへの支援を募るクラウドファンディングのサイトだ。目標金額は一五〇〇〇万円に設定されているが、集まった金額は今のところ五十万円にも満たない。

ため息をつき、サイトを閉じると薫は席を立った。

病室にドラムの姿はなかった。まだ日本に来て間もないというのに、彼は何かと忙しそうだ。何をやっているのかはまるでわからないけれども。

薫はベッド脇のイスに座るとジャミーンの手を握った。

「ジャミーン、あのね。手術なんだけど……」

「？」

「……ごめんね。もう少しだけ時間がかかるの……でも必ず……」

そこに看護師の三井(みつい)が飛び込んできた。

「先生、大変です！　これ見てください！」

差し出したのはスマホだった。さっきまで見ていたクラウドファンディングのサイトが表示されている。しかし、大きな違いがあった。トップページに『目標金額を達成しました』の文字が記されているのだ。

「なんで……」と薫は絶句した。「さっきまで全然足りなかったのに……」

「誰かが匿名で一気に寄付してくれたんです！　奇跡が起きたんですよ！」

本当に……？

感極まり、薫はジャミーンを抱きしめた。

わけがわからず、ジャミーンは薫の腕の中でキョトンとしている。


黄色い規制線で囲まれた山本の席周辺を鑑識が調べている。エネルギー事業部の社員たちはそれが気になり、仕事が手につかない。

乃木は花を用意してきたのだが、供えることもかなわない。手だけ合わせて自席に戻ろうとしたとき、コソコソ話す宇佐美と河合の姿が目に入った。

次の瞬間、頭の奥がズキンと痛み、乃木は慌ててFに言った。

「頼む。ここは出てこないでくれ」

しかし、無駄な抵抗だった。

Ｆがゆっくりとふたりに近づいていく。

「一〇〇パー、乃木がやったと思ってたのに、まさか山本とは。しかもテロに加担してたなんてなあ」

「これぞ青天の霹靂です」と河合が宇佐美に大きくうなずいてみせる。

「まったくだ」

近づくＦには全く気づく様子はない。

「しかし、もう忘れましょう。引きずるといいことないし」

「お前はいいよ。俺は毎日、乃木と顔を合わす――」

漸く乃木がこっちにやって来るのに気づいた河合が、「宇佐美さん」とさえぎる。乃木を見た宇佐美は少しバツの悪そうな顔になる。

「では」と踵を返した河合の背中に、「おい河合！」とＦが声をかけた。ムッとした表情で、河合が振り向く。

「……なんですか？」

「俺の懲罰委員会は何時からだっけ？」

「いや、それは中止に……それを宇佐美部長に報告に来たんです」

「そうか……」

「それじゃ」

「おい、俺にひと言あんじゃねえのか⁉」

まるで人が違ったような乃木に河合は戸惑う。

「おい、乃木！」と宇佐美が制するもＦが聞く耳を持つわけがない。

「お前、言ったよな」

河合から告げられた疑いの言葉を、一言一句違わずＦは早口で暗唱してみせる。

「あなたは同期の中でも課長職に昇進したのが一番遅い。この先定年までいたところで、役員になれる可能性はゼロ。生涯年収はたかが知れています。いえね、どうしても想像してしまうんですよ。将来に絶望したあなたがＧＦＬ社のアリさんと共謀し、横領を企んだんじゃないか――って」

「！……」

「それについて何かあんだろ、普通」

「す、すみませんでした」

逃げるように去ろうとする河合に、Ｆはさらに追い打ちをかける。

「おい、俺から持っていった通帳、パソコン、携帯すべて一時間以内に返せ！　少しでも壊れてたり、一円でもなくなってたら、今度はこっちが訴えるからな！」

屈辱のなか河合が去ると、Ｆは宇佐美へと視線を移す。凄むようににらみつけられ、宇佐美は完全にビビっている。

「部長、明日からドラコ・オイルとの打ち合わせでリヤド工場に行ってきます。承認お願いします」

「あ、ああ……わかった」

一礼し、Ｆは宇佐美に背を向けた。

自席に戻ると、乃木はデスクに腰かけているＦに小声で言った。

「言いすぎだよ」

『バカ、これであいつはしばらく俺たちに何も言えねえ。出張し放題、「別班」業務に専念できるってもんだろ』

「うーん……ま、そうだね」

「こんな大金……一体、誰が？」

クラウドファンディングの入金確認ページを見つめながら、薫がつぶやく。振込名は『トクメイ』で、入金額は一四七〇万円だった。

え……一四七〇万円？　これって、私が足りないと話した金額ぴったりじゃない。

あのとき一緒にいたのは乃木さん、野崎さん、ドラムの三人だけ。それ以外にこの金額を知る者はいない。

ということは……。

スマホが着信し、薫は我に返った。『野崎守』という表示に緊張し、「はい」と応答した声が裏返る。

「ちょっと話したいことがある。今夜会えるか？」

「喜んで！」と薫は即答した。

直接確かめる、いい機会だ。


指定された中華料理店に行くと、野崎だけではなく乃木とドラムの姿もあった。疑惑の三人そろい踏みに、薫は一瞬たじろぐもすぐに考え直した。

いよいよもって、いい機会だ。

「遅かったな」と薫を席に招き、野崎が言った。「今日は俺の奢りだ。祝いだからな」

「え！　お祝い？　じゃあ……野崎さんがジャミーンの」

「は？」

「え？」

「バルカ警察が、お前たち三人の指名手配を取り下げたお祝いだよ」

「ああ……そっちのお祝い……」

「なんだよ。うれしくねえのか」

慌てて薫が「うれしいですよ」と返す。「これでもうバルカへ行っても追い回されることはないんですから」

「ああ。これでいつでもバルカに入国できるぞ。お前もな」とカマをかけるように野崎が乃木へと目を向ける。乃木はやわらかな微笑みでそのまなざしを受け止める。

注文した飲み物がテーブルに運ばれ、四人はとりあえず乾杯。次々と料理も並べられるなか、あらためてドラムは指名手配が取り下げられた理由を野崎に訊ねた。

「爆発で唯一生き延びた警官の意識が戻ったらしい。爆発はザイールひとりによるものだと証言したそうだ」

そういうことかと一同は納得する。

「よかったです」と安堵の表情で乃木が話しはじめる。「ちょうど明日から海外出張で」

サラダを取り分けていた野崎の手が一瞬止まる。

「いろいろあったから、空港で面倒なことにならないか心配してたんです」

「出張ってどこへ？」

「サウジです」と乃木が薫に答える。

サウジアラビアで一体何を……？

野崎の頭が高速で回転しはじめる。

「薫さんは、いつかバルカに戻るんですか？」

「お礼を言いたい人たちはいるけど、ジャミーンの手術が来週に――」

「え？」と乃木がさえぎった。「決まったんですか、手術」

「はい。三月十七日に決まりました！」

「よかった」と乃木は安堵の笑みを浮かべた。

ちょうどいいタイミングだと薫は姿勢を正し、「あの！」と皆を注目させた。

「どなたかはわかりませんが、このたびはジャミーンのために、本当にありがとうございました！」

深々と頭を下げる薫に、三人は顔を見合わせる。

「……なんの話だ？」と野崎が訊ねる。

「手術費用、一四七〇万円寄付してくださったんです。この金額を知っているのは、あなた方三人だけです！」

そう言って、薫は三人を見回す。薫と目が合い、野崎は言った。

「そんな大金、俺が出せるわけないだろ」

「……となると、ドラムは」

ドラムは両の手のひらを上に向け、わからないという仕草を見せる。

「だよね。じゃあ乃木さん⁉」

「いえ。私も……」

「え⁉　違うの？　じゃあ、一体誰が……」

「まあ、この中で一番怪しいのは……ドラム！」

野崎が声を発した瞬間、ドラムはテーブルに置いてあった乃木のスマホを奪った。同時に野崎が乃木の襟首をつかみ、動けなくする。

「あ、ちょっと！」

ドラムはスマホを乃木の顔の前にかざし、顔認証でロックを素早く外す。続いて、ネットバンキングのアプリを開くと、「オオッ」と大きな声をあげた。

奪い返そうとする乃木の手をかわし、ドラムは野崎にスマホを渡す。野崎は画面の取引明細をじっと見つめ、無言でそれを薫に見せた。

最新の取引で一四七〇万円が引き出されていた。

　ある程度予想していたとはいえ、こうして八桁の数字を直接見ると、あらためてその金額の大きさに薫は衝撃を受ける。

「乃木さん……なんでこんな大金持ってるんですか⁉」

「そこかよ」と野崎が軽くツッコむ。

「だって、天下の丸菱とはいえ、こんな大金バンと出せる人なんて……」

　観念したのか、「あははは」と乃木は笑いだした。「なんできっちり金額そろえちゃったんですかね」

　そうして、薫に真顔を向ける。

「僕はジャミーンと薫さんに救われました。この命に比べたら、足りないくらいです」

「それなら私だって、乃木さんにいろいろ助けてもらいました！」

「ジャミーンのために何か少しでも力になれたら、僕はそれが一番うれしいんです。黙って受けとってもらえませんか？」

「……乃木さん」

　薫は感謝の思いを心に込め、深々と頭を下げた。

「本当にありがとうございます」

　一方、野崎の乃木に対する疑惑はますます深まっていく。これほどの大金を右から左に動かせるとなると、やはり単なる商社マンとは思えない。

そのとき、懐でスマホが震えた。画面を確認するとＦＢＩのロバートからだ。

「すまん、ちょっと」

野崎は席を立ち、店の外に出た。


「やはり乃木憂助は州立ロンガリー高校には通ってなかった」

ロバートの情報は学校からのメールを裏付けるものだった。

「そうか」

「ただ、同じロンガリーという名前のついた私立の高校がある。そっちには一九九六年から一九九九年の三年間、日本人留学生が在籍していた」

「本当か？　そいつの写真は？」

「そう言うと思って」

すぐに画像が送られてきた。確認すると若かりし乃木が写っている。

「間違いない、こいつだ！」

しかし、写真に記されている名前は『Hayato Tango』となっている。

「ハヤト・タンゴ……なぜ、名前が違うんだ？」

「さあな。ただ、この学校は厳格なミリタリースクールで、相当優秀でないと留学生を受け入れない」

「ミリタリースクール？」

「ああ。当時、日本人が入ったのはとても珍しいことのようだった」

「そんなに優秀だったのか？」

「ああ。全科目首席で卒業している」

「！　その成績表を」

「送る」

電話を切ると、すぐに成績表が送られてきた。ざっと目を通し、野崎は衝撃のあまり思わず壁にもたれた。

学科だけではなく、射撃、格闘術、爆破技術、サイバーセキュリティなど実技項目でもすべてトップだったのだ。

あの乃木が……？

なら、ザイールが言ったとおり、あいつが『別班』？

いや、だったらザイールが自爆したときはなんなんだ。俺が助けに入らなければ、あいつは吹き飛ばされて一〇〇パー死んでた。

それに盗聴器だ。ドラムはいとも簡単にあいつに盗聴器を仕掛けることができた。自衛隊でも超一流の人材だけが集められたのが『別班』じゃないのか？

乃木はあまりにもレベルが低すぎる。理屈が通らない。

野崎は店に入り、テーブルで談笑している乃木を見つめる。

お前は一体、何者なんだ……？

※

タンゴ・ハヤトについて調べさせると、すぐに情報は集まった。乃木憂助の情報と合わせて読み解きながら、野崎は乃木という人物について推測をめぐらせる。

島根県出身の父・乃木卓（のぎすぐる）と東京都出身の母・明美（あけみ）の間に長男としてあいつは生まれた。

三歳のときに両親は亡くなっている……話していたとおりか。

それから丹後隼人（たんごはやと）の名前で、東舞鶴小学校、舞鶴市立丸山中学校を卒業……ってことは舞鶴に住む丹後という親戚の家に養子に入ったのか？

いや、ちょっと待て。

だったら、なんで大学から乃木憂助に戻ってるんだ？

スマホが鳴り、野崎の思考は中断される。かけてきたのは新庄だった。

「どうだ？」

「九時十七分、ＦＫ４０７便、サウジアラビアに向けて離陸しました。同乗している航空機警乗警察官の報告によると、たしかに乃木憂助は同機に搭乗しています」

「そうか」

「どうして乃木さんの動きまで？」と新庄が訊ねる。「一体何を調べているんですか？」

「……まだ言えん」

知っていたはずの乃木憂助という人間が急に得体の知れない人間に思えてきて、野崎は苛立つ。

これはもう自分の足を使って、とことん調べるしかないな。

野崎は決意し、あるところに連絡を入れた。


翌日、野崎はドラムを伴いバルカ国際空港に降り立った。入国ゲートをくぐり、歩きだしたドラムが前方を見て、足を止めた。後ろの野崎を振り返る。野崎がドラムの視線を追うと、部下を引き連れたチンギスがこっちに歩いてくるのが見えた。

ふたりの前で足を止め、チンギスが野崎をにらみつける。野崎は不敵な笑みを浮かべ、手を差し出した。

「よろしくな」

「上の命令じゃなきゃ断ってる。忙しいんだ。行くぞ」

握手を無視して、チンギスは踵を返した。

ふっと笑い、野崎はあとをついていく。

空港の外に出ると、チンギスがボソッと言った。

「詫びるつもりはないからな」

「お前は自分の仕事をしただけだ。仲間を殺されたら、俺だって同じことをする」

「……」

「だが、二度と敵に回したくない。なあドラム」

ドラムは大げさにうなずいた。

フンと鼻を鳴らすチンギスに、野崎は言った。

「だから、お前を指名したんだ」

「は？　お前が俺を？」

驚くチンギスに向かって、野崎はニヤリと笑った。

「で、今度は何しに来た？」

「ドラム」

ドラムはスマホをチンギスに向ける。アニメ声が話しはじめる。「チンギスさんは謎の組織『テント』を追うために、乃木さんを捕まえたかったのよね？」

「……まあな」

「どうでしょう。日本警察とバルカ警察、手を組んで『テント』を追い詰めましょうよ」

「手を組むだと？　お前と」

「そうだ」と野崎が言った。

チンギスは野崎にぐいと顔を寄せる。

「……」

チンギスの手がゆっくりと上がる。その手をパチンと野崎が叩いた。

「さあ、合同作戦だ」

ニヤリと今度はチンギスが笑った。

ＧＦＬ社の前に車が停まり、野崎、チンギス、ドラムが降りる。

「入るか？」

「ああ」と野崎がうなずくと、チンギスは部下に「ついていけ」と指示する。

「お前は？」

「ちょっと調べてみる」とチンギスはスマホを取り出した。

「頼む」

会社の前にたむろする物乞いを一瞥し、野崎はＧＦＬ社へと入っていく。


十分後、出てきた野崎にチンギスが訊ねる。

「どうだった？」

「急いで出ていったみたいだな」

続けてドラムが話す。「私物を取りにきた社員に聞いたら、三日前出社したら突然会社がすっからかんになってたと」

向かいのビルの窓から単眼鏡で見下ろしながら、イヤホンで三人の会話を聞いている者がいる。乃木だ。

「アリの自宅住所に部下を向かわせたが、そっちももぬけの殻だ」

「じゃあ国外か」

「しかし、出国した記録はない」

「記録ね」

「そのとおり」とチンギスがうなずく。「そんなもん当てにならん。お前たちみたいに砂漠を渡れば話は変わる」

「奴は必ず国外にいる。それも近い。ロシア、モンゴル、カザフ辺りだろう」

「……しかし、これでアリが『テント』とつながってることがはっきりしたんじゃねえか？」

「そのとおり」

「これからどうする？」

「もう一つ、確かめたいことがある」

「なんだ？」

そのとき、轟音を立てながらバイクが横を通りすぎた。

「セドルに連れてってくれ。捜したいものがある」

野崎の声がかき消され、乃木は顔をしかめた。

「捜す？　あそこは遠い。日が暮れちまうよ。明日にしよう」

「たしかにな」

チンギスが車に向かい、野崎も続く。しかし、車に乗り込む前にふと何かの気配を感じ、野崎は周囲を見回した。

「どうかしました？」とドラムが訊ねる。

「いや……もしかしたら、どこかで見てるんじゃないかと思ってな」

神経質すぎる自分に苦笑し、野崎は後部座席に乗り込んだ。

パトカーが去ると、会社前にずっと佇んでいた物乞いが顔を覆っていた頭巾を取る。まとっていた衣装の下に隠した最新鋭のガンマイクをしまいながら、黒須は笑った。

「怖い人だなあ」


夜、ホテルの一室で乃木と黒須が録音した野崎とチンギスの会話を聞いている。しかし、何度繰り返して聞いても、バイクの爆音で邪魔された部分は聞き取れなかった。

野崎はどこに連れていってくれと頼んだのだ……？

「どうも気になる。何を捜すっていうんだ」

「至急、解析班に依頼します」

黒須にうなずき、乃木は言った。「しかし、さすが野崎さんだ。あのチンギスを味方につけることで、バルカ国内の情報は向こうが一歩リードした」

「よく言いますよ」と黒須は笑った。「そんなできる警官でもさすがにアリの携帯にG

ＰＳ発信機は仕込めないでしょう」

アリに誤送金について問いただした際、乃木はわざと鞄の中身を床にぶちまけた。書類を拾いながらデスク下のＵＳＢを抜き、モバイルバッテリーのようなものを挿す。一瞬充電が中断されたと思ったアリは、スマホを置き直すと再び充電中のランプが点灯。その間、スマホのデータが乃木のもとへと転送されていく。

その後、銀行の前でアリを待ちながら、乃木は吸い取ったデータを用意したアリと同じ機種のスマホに転送させた。無論、そのスマホにはＧＰＳ発信機が組み込まれている。銀行から出てきたアリを引き留めるときにスマホを落とさせ、それとすり替える。以来、アリの位置情報はこちらの手の内にあったのだが……。

「あれからアリに動きは？」

乃木に問われ、黒須がパソコンにＧＰＳの画面を出す。アリが移動した経路が示されるが、その線はある地点で動かなくなっている。

黒須は首を横に振った。

「たぶん、発信が消えたこの地帯に『テント』のアジトがあって、逃げ込んだと思います」

「あれは携帯の電源を切っても発信しつづけるはずなんだが」

「おそらく電波遮断ボックスにでも入れてんでしょう。世界中の諜報機関がアジトを探せない理由は、たぶんそこにあるんだと思います。ですが、携帯をすり替えたことには気づいていないでしょうから、そのうち尻尾を出しますよ」

「明日はひとまず野崎さんたちの動きを追おう。何か新しい情報をつかんでいるのかもしれないからね」

「はい」

砂漠の道を野崎、チンギス、ドラムを乗せた車が土煙を立てながら爆走していく。そのかなり後方を乃木と黒須の車が追いかけていく。ハンドルを握る黒須がつぶやく。

「しかし、この砂漠をどこまで行くんでしょうかね」

「このまま南東に下るとセドルだ」

「セドルって、ザイールが自爆した町ですか」

「ああ」と乃木がうなずく。

「じゃあ、野崎はセドルにお宝を探しに？」

そのとき、黒須のスマホに着信が入った。

「司令です」と乃木に告げてから、黒須はスピーカーにして電話を受ける。

「アリの信号を検知。場所はウランバートル」

櫻井が要点だけを簡潔に告げる。

ウランバートル。モンゴルか……。

「それと公安野郎の音声解析できたから送るね」

「ありがとうございます」

「いったん野崎は忘れてアリに集中して。では」

スマホに届いた音声ファイルを、すぐに乃木が再生させる。

『セドルに連れてってくれ。捜したいものがある』

野崎の声を確認し、「やはり行き先はセドルか」と黒須がつぶやく。

あの爆発現場に何があるんだ……何を捜すというんだ？

乃木ははるか前方を走る小さな車影を凝視する。

「どうします？」

「司令のご指示どおり、まずはアリだ。ウランバートルに」

「はい」

黒須はブレーキを踏み、車をUターンさせた。

※

かつてアマン建設の巨大なゲルがあった場所は瓦礫の山と化していた。車を降り、爆発現場へと歩いていく野崎のあとを、面倒くさそうにチンギスが続く。

「今さらこんなところに来て、どうするつもりだ？　現場検証ならすべて終わってるぞ」

「野崎さんはあのとき、胸に小型カメラをつけていたんですよ。でも、見せてもらった遺留品リストの中には、それがなかったのよ」とドラムが返す。

野崎は自分が乃木と一緒に飛び込んだゴミ穴のかたわらで足を止めた。

「だったら、爆発でぶっ壊れて原形もとどめてないってことだ」

チンギスの言葉を無視し、野崎は穴を降りていく。

「でも可能性はゼロじゃないよ」とドラムも言い返す。「捜すの手伝ってよ」

ドラムも穴の底に降り、野崎と一緒に瓦礫の中を捜しはじめる。

「……ったく」と舌打ちし、チンギスは部下に命じた。「どこかでスコップ借りてこい」

三人が捜しはじめて一時間ほど経ったとき、チンギスがそれらしきものを掘り当てた。

「おい、これじゃないのか」

野崎とドラムが駆け寄る。チンギスが手にしているのは一見土の塊に見えるが、レンズのようなものがわずかに覗いている。

野崎が受け取り、覆われた土を剥がしていく。やがてレンズの割れた小型カメラの残骸が姿を現した。

「これだ！」

収納されたマイクロSDを抜き取ろうとする野崎を見て、「ダメよ！」とドラムが慌ててスマホで声をかける。「ここで出さないほうがいい。専門家に任せたほうがいいよ」

「頼めるところあるか？」と野崎がチンギスに訊ねる。

「頼んだとしても水もかかってるし、ここまで壊れてるんじゃ無理だろ」

「なんとかならんか？」

「軍の施設ならあるいは……だが、いくら警察でも簡単に入れるような場所じゃない」

「警察じゃなくて、チンギス個人の頼みならどうにかなるんじゃないのか？」

そう言って、野崎はチンギスをじっと見つめる。

「……ったく。ダメもとで頼んでやるよ」

「助かる。さすがだ」

やれやれとチンギスは両手を広げた。

クーダンに戻った一行は、まずは陸軍情報部を訪ねた。チンギスの旧知の軍人、バヤルと面会し、さっそく破損したマイクロSDを渡す。

「これを再生するのか」

難しい顔になるバヤルの肩をチンギスが軽く叩く。

「お手のもんだろ？」

「時間がかかるぞ」

大丈夫だと野崎はうなずいた。

「……解析できたら電話する。それと」

皆まで言わせずチンギスがうなずく。「わかってるよ」

バヤルと別れ、踵を返したチンギスに野崎が訊ねる。

「違反切符でももみ消すのか？」

ニヤリと笑い、チンギスは言った。「一族全員分。合わせて十六枚」

「悪かったな」

「べつに。それじゃあ、今日は解散でいいな」

野崎は首を横に振り、とっとと車のほうへと歩いていく。

「野崎さん、もう一か所調べたい場所があるのよ。付き合ってちょうだいよ」

げんなりした顔で、チンギスはドラムに言った。

「人使いの荒いボスだな」

苦笑を返し、ドラムが野崎のあとを追う。


続いて一行がやって来たのは国会議事堂前広場だった。野崎がドラムに場所を聞き、とある一角で足を止めた。

「ここだな」

ドラムは野崎にうなずいた。ここで乃木の鞄に盗聴器を取りつけたのだ。

野崎は周囲を見回し、防犯カメラを探す。この広場はバルカきっての観光名所だから人通りも多いし、当然のごとく防犯カメラも設置されているだろうとの思惑は的中し、野崎はすぐにカメラを見つけた。

「あれとあれとあれだ」

「わかった」とチンギスがうなずく。

管理事務所ではチンギスが警察の威光をいかんなく発揮した。警備員は言われるがまま、指定された日時の映像を再生させる。

モニターに乃木が映り、思わずチンギスは声を漏らした。

「ノギだ」

スマホを耳に当てて歩いていた乃木は、電話を切って、うなだれる。ふたたび歩きだしたとき、ドラムが乃木の肩にぶつかった。

「今、盗聴器を仕掛けたのか？」

チンギスに訊かれ、ドラムがうなずく。

「うまいもんだな」

はにかむようにドラムが微笑む。

「全然気づいてないぞ、あいつ。まあ、ただのサラリーマンじゃ仕方ないけどな」

チンギスが笑いながら見ているうちに、乃木は画面からはけてしまった。

「もっと、こっちのほうを映した映像はないのか」と乃木が消えた方向を指さしながら野崎が警備員に訊ねる。すぐに別カメラの映像が再生される。

こちら側のカメラにはドラムの姿は映っていない。特に変わった様子もなく歩いてきた乃木がふと立ち止まった。やにわに鞄を持ち上げると、底に装着された盗聴器を外した。しばしそれを眺めてから、もう一度付け直す。そして、確認するようにドラムのほうを振り返ると、ふたたび平然と歩き去っていく。

その様子をチンギスとドラムが唖然と見つめる。

「……あの野郎」

つぶやく野崎の口もとには、なぜか笑みが浮かんでいる。


ウランバートルの某ホテル。部屋を落ち着きなく行き来するアリを、向かいのビルの屋上から乃木と黒須が監視している。室内にほかに人影は見当たらない。

単眼鏡を覗きながら黒須が訊ねる。

「ひとりですかね？」

「『テント』も我々が狙っていることは百も承知だ。どこかにアリの護衛がいるはずだ」

「ええ」

「しばらく様子を見よう」


翌朝早く、マイクロSD映像の復旧が完了したとの連絡を受け、野崎ら一行は陸軍情報部へと向かった。

バヤルに案内され、ミルという名の部下が待っているという部屋に向かう。用事ができたというバヤルは情報部のある建物に三人を通すと、「バレたくないから六時半には帰れよ」とチンギスに釘を刺し、去っていった。

情報分析のための部屋なのだろうか、いくつものモニターとパソコン、ほかにもよくわからない機器が置かれた室内に、小柄な眼鏡の男が待っていた。

ミルは三人をモニターの前に座らせると、さっそく映像を呼び出した。ちょうどザイールが乃木に近づき、何ごとかをささやいている場面だった。

チンギスがザイールを指さしながら、ミルに指示する。

「こいつが撃たれる、ちょっと前から見せてくれ」

指定されたシーンまで早送りし、ミルが映像を再生する。

画面の中で、ザイールが目を閉じ、起爆スイッチに手をかけた。次の瞬間、銃声がとどろき、ザイールの右手が弾かれて起爆スイッチが床に落ちる。画面の隅に乃木も映ってはいるが、ノイズが走っていてよく見えない。

しかし、野崎の耳はある音をとらえていた。

「二発⁉　今の、もう一度頼む」

ミルは映像を巻き戻し、再生する。野崎が音量を最大限に上げた。

ザイールの手が弾かれるのに合わせ、銃声が二発、重なるように聞こえた。

「どういうことだ、銃声が二発聞こえるぞ」とチンギスが野崎を振り返る。

「音声データを出してください」とドラムがミルに頼んだ。

ミルが音響機器を操作し、音声データを抽出していく。別のモニターに現れたいくつかの波形を見ながら、ミルが言った。

「ここ、〇・二秒の間に二発の銃声が記録されていますね」

「まさか……」

野崎は画面の隅で腰を抜かしたように座っている乃木を指さし、ミルに言った。

「ここのノイズを除去して、こいつを拡大してくれ」

すぐにミルが作業にかかる。モニターに乃木の部分が拡大され、ノイズが徐々に取り除かれていく。

一同が息を呑んで見守るなか、ついに乃木の画像がクリアになった。

床に腰を落としたまま、乃木はザイールに向かって発砲していた――。

「！」

信じられない光景にチンギスは目を見開き、つぶやく。

「なんなんだ……」

野崎は画面を凝視したままミルに言った。「スローで再生してくれ」

ミルは少し巻き戻してからスロー再生する。

ザイールが起爆スイッチに指をかけたそのとき、乃木は背後に身体を倒し、左足の裾から小型拳銃を取り出した。即座に構え、狙いをつける間もなく引き金を引いた。

あまりの早業に皆は声を失っている。

続いてミルは、撃たれたザイールの手の部分を拡大し、やはりスロー再生する。同じ場所に〇・二秒の時間差で銃弾が撃ち込まれ、血しぶきが二度飛び散った。

「……お前とほぼ同時に銃を撃ってやがる。あいつは何者なんだ?」

チンギスに答えず、野崎はモニターを凝視している。スロー映像は続いており、乃木は駆け込んできた野崎に気づいたようだ。すぐさま拳銃を床に滑らせ、狼のような鋭い目つきを怯えた羊のそれへと変えた。

あの野郎……。

画面で情けない姿をさらしている乃木をにらみつけ、野崎は席を立った。

「ドラム、戻るぞ」

※

朗々たるアザーンの声を合図にモスクへと集った大勢のムスリムたちが、床に座り、祈りを捧げている。その中にアリの姿もある。

導師が現れ、法話が始まった。アリが話を聞いていると背後から誰かが近づいてくる。緊張するアリの後ろで足を止め、横の男に小声で話しかける。

「ここ、よろしいですか？」

その声にアリは安堵の息を吐き、緊張を解いた。仲間のミンジだ。横の男がずれてできたスペースに座ったミンジにアリが小声で話しかける。

「ミンジ、家族は？」

「皆さんお元気です。今、安全な場所に身を隠しています」

うんうんとアリは何度か軽くうなずく。

「次の仕事をイギリスで準備しています。しばらくはウランバートルでゆっくり身体を休めてください。ご家族と暮らせるいい隠れ家が見つかったら、連絡します」

「わかった」

「これは私の連絡先です」とミンジはメモを渡し、封筒をアリの前に置いた。「当面の間はこれをお使いください。では」

ミンジが去り、アリは封筒を手に取った。

「……」

アリの斜め後ろ、頭巾で顔を覆った黒須がその様子をうかがっている。

バルカから帰国した野崎はドラムと別れ、京都の舞鶴へと向かった。丹後隼人として暮らしていた時代の乃木を探るのが目的だ。

通っていた東舞鶴小学校に当時の担任教師がまだ在籍していたのは幸運だった。野崎が訪れると、校長とその元担任教師が対応してくれた。

卒業アルバムを開き、「この子が丹後隼人君です」と校長がひとりの少年を指さす。やわらかな笑みを浮かべるその顔には、やはり面影が残っている。

「ご両親が亡くなられていたそうですが、丹後さんというご親戚の家から通われていたんですか?」

野崎の問いに元担任が答える。

「いや……たしか、隼人君は児童養護施設からだったような……」

「養護施設?……どういった事情で?」

「四十年近く前ですからそこまでは……あ、でも、いたのは近くの『丹後つばさ園』です。そこなら詳しくわかると思いますよ」

小学校時代の話を聞き終えると、野崎はその養護施設へと向かった。

対応してくれたのは当時のことをよく知るベテラン職員の木村だった。

「隼人君には複雑な事情がありましてね」と木村が切り出す。「その話になると思い、誰もいないこちらの旧館に来ていただいたんですが」

人けのない古い木造建築の廊下を野崎と木村は並んで歩いている。

「実は……隼人君、ここに来る前……中央アジアのバルカで人身売買されてたんです」

「バルカで、人身売買⁉」

「はい。物乞いをさせられていたところを戦場ジャーナリストの方が見つけて、日本人の子供のそんな姿を見ていられないと半ば強引に連れ出したそうです。陸路でウラジオストクに渡り、船でここ舞鶴へ」

「それで？」

「警察に保護されたんですが、隼人君、自分の名前がわからなくて」

「どういうことですか？」

「病院の診断では、強いストレスによる記憶障害だと」

「記憶障害……」

うなずき、木村は応接室へと入る。野崎もあとに続いた。ソファで向き合い、木村はふたたび話しはじめた。

「身体の傷からもひどい暴力を受けていたことは明らかで……バルカの日本大使館を通じて両親を捜してもらい、全国の行方不明児童も当たったんですがねえ……最後は警察と福祉課で話し合って、こちらで育てることに」

「では、丹後隼人という名前は？」

「苗字はここの園の名前から。名前はみんなで相談してつけさせてもらいました」

「そのジャーナリストの方は？」

「すぐに戻らなければいけないということで、それ以上の関わりを辞退されて」

「そうだったんですか」

しばし思案し、野崎は訊ねた。「彼はどんな子供でしたか？」

「それまでの境遇もあってか、人に対して怯えるというか。それとよくひとりでブツブツしゃべったりして……それでよくいじめられていました」と木村は声を落とす。

「……優秀だったと聞いてましたが」

「そうなんですよ！」と木村の表情が明るくなる。「アメリカ留学の特待生支援制度にダントツの成績で。私たちには一切相談もなかったものでびっくりしました」

「その隼人君が、大学の頃から乃木憂助という名前に戻られているのはご存じですか？」

「ええ。島根のほうがご実家だったんですよね？」

「事情をご存じですか？」

「はい。高校生の頃、パスポートの更新で一時帰国して、こちらに寄ってくれたんです。そのとき、隼人君何げなく島根のたたら製鉄の特集番組を見てたんですが……急に、これどこかで見たことがあるって言いだしたんですよ。それでそこの場所とか全部メモにとって、ここに行ってみますって」

「じゃあ、その足で島根の実家に……」

「はい」


モスクでアリと接触したミンジを乃木が尾行し、かくまわれているアリの家族の居場所を突き止めた。今、そのホテルの一室で両手を上げたミンジの後頭部に黒須が銃を突きつけている。その後ろには乃木の姿もある。

「抵抗しなければ危害は加えない。おとなしく家族をこちらによこせ」

怯えるアリの家族の横にはもうひとりのメンバーのカインがいる。どうすべきか迷っていると、ふいにドアが開き、仲間のエルダが入ってきた。異様な光景に一瞬固まる。反射的にカインは銃を抜いた。しかし、乃木のほうが速かった。カインが引き金に指をかける間もなくその額を撃ち抜き、振り向きざまにエルダも撃つ。

ミンジが腹に差していた銃に手をかけるが、すぐに黒須に脳天を撃たれた。

わずか数秒で『テント』メンバーを殲滅し、乃木はゆっくりとアリの家族、恐怖に震える母親、妻オユンとふたりの娘アリマとニーナへと近づいていく。


翌朝、ホテルの部屋で目覚めたアリのスマホにメールが着信した。ミンジのアドレスから届いたそのメッセージを読み、アリはベッドから飛び起きた。

『おはよう、アリ。オユンです。うれしい知らせがあるのでミンジの携帯を借りてメールしています。ミンジがロシアにいい場所を見つけてくれました。イギリスに行くまでそこで一緒に住めるそうです。添付した地図の場所に使われなくなったモスクがあるので、すぐに来て。そこから車で一緒に行くみたい。早くあなたに会いたい。子供たちも、お母さんも会えるのを楽しみにしています。私たちも今から向かいます。パスポート忘れずにね』

すぐに着替えると、アリはパスポートの入ったバッグを手に、うれしそうに部屋を飛び出した。ホテルの前でタクシーをつかまえ、添付された地図の住所を告げる。

三十分ほど走り、郊外に出たところでアリは車を降りた。指定されたモスクはかなり長い間使われていないようで、もはや廃墟に近かった。

しかしアリは気にせず、その扉を開けた。高い窓から射す薄い陽の光が、がらんとした空間に舞う埃を輝かせている。

「母さん、オユン、アリマ、ニーナ」

家族に呼びかけ、辺りを見回す。しかし、誰もいないし、返事もない。

「？」

アリはスマホを取り出し、ミンジにかける。

その背後に、いつの間にか乃木が立っている。

※

島根県奥出雲町。島根県警のパトカーに乗った野崎が、車窓を横切る美しい棚田を眺めている。運転手の警官によると乃木家はたたら製鉄では御三家と呼ばれるほどの名門で、地元の尊敬を集める格式ある家柄だそうだ。

乃木家に着き、野崎はなるほどと腑に落ちた。まるで城のような門構えの、とてつもない豪邸だった。

落ち着いた雰囲気の客間に通され、野崎は当主の乃木寛道(のぎひろみち)と対峙した。

「あれはもう二十年も前ですかね……」

野崎に問われ、寛道は憂助と初めて会った日に思いを馳せる。

「うちの家紋をテレビで見たからって、突然訪ねてきて」

「家紋、ですか？」

「はい。父親と母親の記憶がなく、自分が誰かわからないと言って……。記憶をなくす前はどこにいたのか訊ねたら、バルカと言うじゃないですか。驚きました。その十五年前に弟の卓と嫁の明美さん、息子の憂助がバルカで亡くなっていましたから」

「！……」

「まさかと思いましたねえ。すぐにその時代に出はじめたＤＮＡ検査を行い、親族であると証明されたんです。両親が亡くなっていることを伝え、ふたりの写真を渡すと、憂助は涙ぐんで……」

「……弟さんたちが亡くなられたのは、当時の内乱ですか？」

「はい」

「そもそもどうしてバルカに？」

「卓は警察を辞めて、農業使節団として――」

「待ってください」と野崎は思わずさえぎった。「弟さんは警官だったのですか？」

「はい。それから農業使節団としてバルカに渡り、そこで巻き添えに……」

「警察というのは県警ですか？」

「いえ。警視庁です」

「！」

「それからしばらく話し合って、乃木憂助に名前を戻すように伝え、守刀を渡したんです」

「守刀というのは？」

「当家に生を受けた子供に授ける小さな刀です」

「その後も憂助さんとは連絡を？」

「まあときどき。毎年、年賀状と暑中見舞いのやりとりは欠かさずに」

「では、最近お会いしたのは？」

「三年ほど前でしたね。突然ここに来たんです」

「三年前……」

「どうしてかはわかりませんが、両親が亡くなったときのことや遺体は出てきたのかとか、それまで避けていたことが急に気になったみたいで。あと、家紋のことをずいぶんしつこく聞かれましてね。ぼんやりとよみがえった記憶の中で、漆塗りの鞘に収められた家紋入りの刀を父親が持っていたと言うんですよ。その刀を私も持っているのかって」

「お持ちなんですか？」

「はい」

「そうですか……その刀、私にも見せてもらってもいいでしょうか？」

「構いませんよ。ちょっとお待ちください」

刀を取りに、寛道は席を立った。

アリが意識を取り戻すと周囲は闇に包まれていた。頭から何かをかぶせられているのだ。両手両足も拘束され、身動きが取れない。

ぼんやりとした頭で記憶を探る。妻に指定された古いモスクに足を踏み入れたが、そこには誰もいなかった。家族を捜そうとしたとき……。

駄目だ。それ以降の記憶がない。

「おい、おい、なんなんだ。こんな真似して。おい！　誰かいないのか⁉」

と、誰かが近づいてくる足音が聞こえた。アリは湧きあがってくる恐怖を抑え込もうと、声を張る。

「誰だ？　誰かいるんだろ？　外してくれ！　外せよ‼」

悲鳴のようなアリの叫びが、廃墟のよどんだ空気を震わせる。

「アポもなくすみませんでしたね、アリさん」

背後から旧知の日本人の声が聞こえてきた。

「乃木？　乃木さんか？」

突然襟首を持たれて身体を起こされたと思ったら、目の前が明るくなった。細めた視界の中に、大きなモニターが飛び込んできた。

「……乃木さん？　なんでこんな……。あ、家族は！　家族はどうした⁉」

「すぐ会わせてやるよ」

背中越しにFがアリに答える。その口調にアリは違和感を抱いた。

乃木じゃないのか……？

「それより、山本から聞いたよ。あんた、スゲー上の幹部で日本担当だってな」

アリは愕然とした。

「お前が殺したのか、山本を」

「美しき我が国を汚す者は何人たりとも許さない。それが信条なんでね」

「何者なんだ、お前」

「何者？　そうね」

Ｆは背後から顔を寄せ、アリの耳もとでささやく。

「モンゴル語で言うと俺は『ＶＩＶＡＮＴ』だ」

「『別班』！　お前が？」

「ああ。そこでお前に聞きたいことがある。お前らの組織『テント』のトップが最終標的地は日本だと言っているらしいが、それは日本のどこで、いつ行われる？」

「……」

「答えろ」

「そんな組織は知らん」

「そうか。残念だ」

Ｆがモニターの電源を入れる。映し出されたのは地面に転がされたミンジら仲間たちの遺体だった。

「ミンジ！」

「もっと面白いものを見せてやろう。黒須」

現場の黒須が指示し、カメラが横に動く。映し出されたのは捕らえられたアリの家族たちの姿だった。高い台のような所に立たされ、後ろ手に縛られて恐怖に震えている。

「母さん……オユン、アリマ、ニーナ……。おい！　一体何をするつもりだ！」

アリがもう一度呼びかけようと口を開いたとき、Fが言った。

「日本の死刑の方法を知ってるか？」

「……」

「絞首刑だ」

カメラがふたたび横に動き、台の上部の横木にぶら下げられた四本の縄を映し出す。

縄にはちょうど頭が入るくらいの輪が作られ、かすかに揺れている。

「！」

黒須が台に上がり、家族一人ひとりに黒い頭巾をかぶせはじめた。

アリの動悸が激しくなり、視界がせばまっていく。

「もう一度聞く。テロ攻撃は日本のどこで、いつ行われる？」

「そ、そんなこと言われても知らんものは知らんのだ！」

「そうか。そういう態度か」

Fはモニターに向かって言った。「黒須」

黒須がアリの家族の首に縄をかけていく。何をされているのかに気づいた妻と子供が泣き叫ぶ。

「……好きにしろ……どうせハッタリだろ！　お前ら日本人にそんなことができるわけがない！」

「やれ」

Ｆが命じると、黒須は躊躇なく母親の襟をつかみ、前方へと押し出した。母親はたたらを踏みながら、前に出ていく。三歩目で足もとから台が消え、落下した。ピンと張った縄の下で母親の身体がゆっくりと揺れる。

「あ――――母さん！」

悲鳴をあげるアリにＦが言った。

「勘違いするな。罪もないのに母親が死んだのは、すべてお前のせいだ」

呆然とするアリにＦが問う。

「言う気になったか？」

しかし、アリはショックのあまり言葉が出ない。ただ瘧（おこり）のように身体を震わせている。

「じゃあ仕方ない。黒須」

黒須は妻のオユンの背中を思い切り押した。

「やめろ――――！」

母親と同じようにオユンは台から飛び出し、画面から消えた。揺れる縄を見て、アリが絶叫する。

「うあ――――！」

声をあげて泣きはじめたアリを、Fが冷酷に見下ろしている。

「次は娘か」

「待ってくれ！！！」

「なんだ。話す気になったか？」

「本当に知らない！　知らないんだよ。最終の標的は日本だって話は聞いてる。でも具体的な話は！　本当だ。本当なんだよ」

「わかった。信じよう。次の質問だ」

身体中を震わせ、すすり泣くアリにFが訊ねる。

「『テント』のアジトを教えろ」

「……」

「しばらくそこにいただろ」

力なくうなずき、アリが答える。「いつも移動しているから決まった場所はない」

「どうやってそこに行く？」

「連絡員が時間と場所が書いてあるメモを突然持ってくる。そこに行くと目隠しされ、携帯を遮断ボックスに入れられ、車で何日も移動する。着いたときはどこに来たのかまるでわからない」

「集合場所は？」

「ほとんどロシア国境辺りだ」

「移動時間は？」

「長くて四日。短くて一日」

「そうか」

「正直に答えたんだ。娘を解放してくれ」

「いや、最後の質問が残っている」

「？」

「『テント』のリーダーは誰だ？」

「！」

「言え」

蒼白になったアリのこめかみから脂汗が流れていく。しかし、その唇は強く結ばれたままだ。

「やれ」

黒須は上の娘の背中を突き飛ばした。娘の姿が画面から消えた。

「あ――――！　アリマァ――――！」

のども破れんばかりに叫び、アリは充血した目をFに向けた。

「お前ら日本人だろ‼　日本人は他者を尊重する、そういう民族のはずだ！　なぜ……なぜこんなことができる⁉」

「ほお、ずいぶん日本に詳しいんだな。どこでそれを聞いた？」

胸を激しく上下させ、滂沱するアリにFはさらに訊ねる。

「お前らのリーダーか？」

アリは力なく首を振る。

「そう意地を張るな。もうお前には娘ひとりしか残ってない。それまでも失っていいのか？」

「……」

「中央アジアにはびこる得体の知れない謎の組織、『テント』のリーダーであり創始者は日本人。そして、その男は……」

Fはアリの前に一枚の写真を差し出した。しかし、アリは固く目をつぶり、それを見ようとはしない。

「それが答えか。わかった。残念だが……やれ」

黒須が下の娘の襟首をつかむ。その瞬間、アリが叫んだ。

「待ってくれ――――！！！」

入れかけた力を黒須は抜いた。

「言う！　すべて話す。だからニーナだけは……ニーナだけは！」

目の前に差し出された写真に、アリが手を伸ばす。

「さあ、どうなんだ⁉」

アリが涙に濡れた目で写真をじっと見つめる。

「どうなんだ！」

写真から目を離し、アリはモニターの娘へと視線を移した。

この子だけは……。

決意し、大きくうなずいた。

「そうだ。この方だ」

アリの指がおそるおそる写真に触れる。

「この方こそ……我が父。偉大なる指導者！　ノゴーン・ベキ……！」

Fは消え、乃木はその場に呆然と座り込んだ。

ずっと持っていた二枚の写真――若かりし頃の父と母の写真と、それをもとに四十年後の父を予想し、加工した写真。

アリが『テント』のリーダーだと認めたのは、その加工写真だった。

「お待たせしました。こちらです」

寛道が手にした太刀（たち）を見て、思わず野崎は目を見張った。漆塗りの鞘に記された乃木家の家紋に見覚えがあったのだ。

円の中に六角形……これは『テント』が犯行現場に残すマークだ。

その瞬間、野崎の中ですべてがつながった。

そうだったのか……。

乃木は……ずっと捜していたんだ。

自分の父親を……。

※

無言で二枚の写真を見つめつづける乃木に、アリが憤怒の表情を向ける。

「乃木、いいか。よく聞け。いつか必ず、お前を殺す。一度じゃ気が済まない。何度でも！　何度でも！　殺してやる！……お前の家族にも、俺の家族の苦しみを……」

呪詛の言葉を吐き、ふとモニターに目をやったアリは愕然とした。

母と妻が娘たちと、涙を流しながら抱き合っているのだ。

「……なんで……」

ボソッと乃木が言った。

「死なずに済むよう、後ろからワイヤーで吊るしてたんだ」

「！……」

「家族をひどい目に遭わせて、すみませんでした。『テント』の結束の固さは普通じゃない。ほかに情報を聞き出す方法がないと思ったんだ」

乃木の言葉は、もうアリの耳には入っていなかった。ただただ安堵の思いで、モニターの家族たちを見つめている。

天井から『テント』のマークが吊るされた会議用のゲル、大きな円卓に十人ほどのメンバーが集まっている。

中央の空いた席の隣に座るのはノコル。ほかにバトルカ、ピヨなど席についているのは組織の中枢を担う幹部たちだ。

進行役を務めるアルバンが、「いらっしゃいました」と一同に告げる。すぐに全員が起立し、ベキの着席を待つ。


ようやく気持ちが落ち着き、アリが乃木に訊ねた。

「なんでお前がベキと奥さんの写真を持ってるんだ？」

「えっ！」と乃木はアリを振り返った。「この女性に会ったのですか⁉」

「……いや。ベキの部屋に飾ってある写真を見た」

「この人はどこに⁉」

勢い込んで訊ねる乃木に、アリは言った。

「ずいぶん前に亡くなった」

「‼」

「答えろ！　なんでお前がこの写真を？」

「……このふたりは僕の両親だ」

アリは驚き、一瞬言葉を失う。

「じゃあ、ベキは……」

「僕の父親だ」

中央の席につくと、ベキはしばし瞠目（どうもく）する。一同がその様子を見守っている。

「お父さん、始めてよろしいでしょうか？」

ベキは目を開き、ノコルにうなずく。

「ああ、始めよう」

「では」とアルバンが口を開いた。「今年度の収支報告をさせていただきます。まず総収益七億三八七〇万ドル。内訳としましては、テロ代行における収益が二億七九〇〇万ドル。うち、ロシア、ハンガリー、モロッコでのテロ活動が八十二%を占めています。その他、各国でのモニターを通しての収益が一億二六七〇万ドル……」

まるで大手企業の決算報告だが、収益のほとんどは犯罪がらみだ。それが『テント』という組織の実態を表している。

ここ数年、確実に収益は上がっている。

しかし、それでもまだまだ足りない。

数字の羅列を聞きながら、いつしかベキの思いは遠く離れた故郷へと飛んでいる。

——下巻に続く

CAST

堺　雅人

阿部　寛

二階堂ふみ

二宮和也

松坂桃李

役所広司

TV STAFF

プロデューサー…… 飯田和孝

大形美佑葵

橋爪佳織

原作・演出………… 福澤克雄

演出…………………… 宮崎陽平

加藤亜季子

脚本……………………八津弘幸

李　正美

宮本勇人

山本奈奈

音楽…………………… 千住　明

製作著作……………… TBS

BOOK STAFF

ノベライズ……………… 蒔田陽平

カバーイラスト………… 王　怡文

ブックデザイン………… ニシハラ・ヤスヒロ（UNITED GRAPHICS）

DTP…………………… Office SASAI

校正・校閲…………… 小出美由規

編集…………………… 木村早紀　井関宏幸（扶桑社）

出版コーディネート…… 塚田　恵　古在理香

（TBSグロウディア　ライセンス事業部）

日曜劇場
VIVANT(上)

発行日　2023年 9 月10日　初版第1刷発行
　　　　2023年10月20日　　　第5刷発行

原　　作　福澤克雄
ノベライズ　蒔田陽平

発 行 者　小池英彦
発 行 所　株式会社 扶桑社
〒105-8070 東京都港区芝浦1-1-1 浜松町ビルディング
電話 (03) 6368-8870(編集)
　　 (03) 6368-8891(郵便室)
www.fusosha.co.jp

企画協力　株式会社 TBSテレビ
　　　　　株式会社 TBSグロウディア

印刷・製本　中央精版印刷 株式会社

ISBN 978-4-594-09567-3